霧の町

Kawazu Taketoshi

河津武俊

◉弦書房

装丁＝毛利一枝

〔カバー表写真〕
三隅川とその岸辺（大分県日田市）
〔カバー裏写真〕
三隅川の梅花藻（ばいかも）の花
——弦書房編集部撮影

目次

晴れ間

新緑の鮮やかさは見る人によっては、あまりにも強い刺激を与えすぎる事がある。

私は、当直で夜中に何度も起こされ頭の中は睡眠不足と疲労で朦朧(もうろう)としていた。医師にも看護婦と同じ様に当直明けがあればと、私は思うのであった。当直できたえられても、自分の任務が終われば、寸時でもいいから患者の事を忘れて、胸一杯空気がすえたらと思うのだった。

当直を終えた看護婦が、晴れ晴れとした顔で食料品店や化粧品店で買物をしている姿を見る場合、本当に羨(うらや)ましく思う事がある。

その日は五月の中旬の本当に新緑が鮮やかな頃で、朝六時頃一時激しい雨が降ったが、その後は晴れ間がのぞいたと思う間もなく、空をおっていた厚い雲がうその様になくなり、気持ち良い五月晴れとなった。

私も六時頃雨音で一度目覚め、今日は雨だなと思い、寸時でも睡眠をとっておこうと再び眠りにはいった。雨音を聞きながら寝るのも快いものだ。

九時に看護婦に揺り起こされた。

窓越しに眩しいような陽光が当直室に充満していて、雨の日を予想していただけに一瞬私を別世界かと錯覚された。

「先生救急車出動です」と看護婦が嬉しそうな顔をして告げた。

「え、朝からかい、それに今日は日曜日だぜ」と私は億劫な気になって尋ねた。

「急患に平日も休日もありません」

この看護婦は救急隊長のニックネームがあるくらい、不思議に救急車についていたし、又救急車に乗る事が好きであった。

他の乗物ならどうもないのに、救急車に乗ると必ず乗物酔いをする看護婦が多い中では特異な存在であったが、私はこの看護婦は救急車が特に好きなのではなく、要するに病院から外界に出られるのが好きなのかも知れないと考えていた。

天気の良い日はいいが、雨や雪、それに悪道を救急車で行くのは決して楽しいものではなかった。

「それで近いのかい」

「N村の先の県境あたりの山ですって」

「えー」私は驚いて聞き返した。

N村と言えば、このあたりでも僻地で有名で、過疎の村の典型であり、十里程離れたK県との境にある山頂の村であった。

「おいおい、大概(たいがい)にして呉れよな」

と私は慨嘆してみせた。

「先生、そんなに言わないで、私の生れた村ですよ」

と看護婦は一寸私を睨んで言った。

「そうか、君はあそこの出身だったね。それじゃ行ってやらねばなるまいね」

と私は気をとり直して外人のようにオーバーに両手をあげて立ちあがった。

救急車はエンジンをかけて待っていた。

私は朝食をとる時間もなく乗り込んだ。

事故は山林の伐採(ばっさい)中に、杉の下敷きになり、かなり重症だということ以外はわからなかった。

N村は農耕地は殆どなく、山林でもっている村であったが、山林の所有者は極く一部の金持に限られ、村人の大半は山林の植栽や伐採に使役され、かろうじて生活をたてていた。

救急車には救急隊長の他に、はいったばかりの若い看護婦が乗り込んだ。

ベテラン運転手のZさんはサイレンを鳴らしながらぐんぐんスピードをあげた。

若い看護婦は始めての経験である為に、恐怖からか悲鳴をあげた。

国道から山峡へは入り込むと緑の鮮やかさが一層つよくなった。

朝一雨降っただけに大気は澄み渡り、杉の緑は濃く、灌木の若緑は眼に痛い程すがすがしかった。

朝からの救急車に村人が家から飛び出して来た。

途中急カーブがややきれたところで、救急車はパトカーを追い越した。

救急に向うのだから、こちらも強かったが、パトカーを追い越したことに私は驚いた。

Zさんは平気な顔をしていた。

パトカーも現場に向うらしく、救急車の後をついてきた。

幾つかの村里を過ぎて、道が悪くなり、山がいよいよ迫ってきた。

Zさんも、事故の概略しか聞いていず、現場の所在ははっきり知らなかった。

山林が伐採された山の斜面が見えるところまで来ると、徐行したが、それらしい人影は見えなかった。

自信をなくしたZさんは、一寸道の広くなったところに救急車を止めた。

パトカーも止まった。警察官が降りて来た。Zさんがドアをあけた。

「いや御苦労様です」と私達に敬礼をした。

「現場は何処ですか」とZさんが尋ねた。

「やあ、私もよく知らないのですが、役場を過ぎた二つ目のFというバス停のところで、現場から事故を知らせるために電話をかけに来た男が待っているはずです」

「おい、Fというバス停はまだ先かい」とZさんがこの村出身の救急隊長に尋ねた。

「はい、あと十分ぐらいです」

警察官の言う通り役場前を通ると、Fというバス停があり、そこに中年の男が立っていた。顔色が青ざめていた。

わたしがドアを開けると男はすぐのり込んできた。

「まだ遠いのかい」Zさんがすぐ聞いた。

「なにせ、山の中で、近所に人家もなく私はここまで走ってきました。あと五分程で車は道が狭くて通れませんので、それから先は歩かねばなりません。歩くのだけでも、足場が悪いので二十分はかかります」

これは大変だと、私は思った。

「それで、どんな事故ですか」

と私は尋ねた。

「四十二才の女性ですが、杉丸太の下敷になりました。大きな丸太で皆んなで抱えましたが、なかなか抱えきれず、どうにか丸太は取りましたが、私が知らせに山を降りる時は虫の息でした。まだ脈はうっていた様です。大分時間がたちましたので、どうなっているのか」

中年の男はまだ興奮しているらしく息づかいが荒く、足がこきざみに震えていた。

暫らく行くと草っ原の広いところにトラックが三台止めてあった。

原っぱには杉丸太が山の様に幾つも積みあげられていた。

一台だけには材木が満載されていたが、あとの二台は空で人影はなかった。

皆んな現場に登っているようだった。

手前の雑木の間隙から伐採された急斜面の山が視界一杯に広がり、それは山頂まで続き、伐採された大きな杉丸太がきれいに整頓されて組まれているのが無数に見え、その間に大小のごろごろした石が沢山見えた。

悲惨な事故とは対照的に、にくらしい程に晴れあがった青空が、斜面を強烈に照らしていた。

中腹から材木を下に運び出すためのロープが原っぱまで張られていた。

私達は担架と救急箱を降して、山に登ろうとしたが、一寸とりつく島のない様な足場であった。

警察官とZさんと中年の男が担架を持ち、私が救急箱を肩にした。

直接山頂を目ざすことは出来ず、小さな谷川に沿って、ジグザグなコースを取らねばならなかった。

看護婦は何度も石や材木につまづきそうになり、若い看護婦は雨で湿った斜面で、早くもすべり白衣を汚した。

大きな岩石をどうにか登ったところで、山腹に人々が集っているのが見えた。下から手を振った。上からも手を振り返してきた。

すぐそこに見えていながらも、何度も迂回せねばならず手間どった。

皆んな息遣いが荒くなり、額に汗した。

看護婦はずっと遅れた。

私は、

「ゆっくりでいいから、僕らの通ったあとを来いよ。石が落ちるかもしれんので注意しろ」

と看護婦に叫んだ。

大きな岩石が一寸陰をつくっているところに被害者はねせられ、顔にはすでに白いタオルがのせてあった。

廻りの人達は皆虚脱した様に黙って座っていた。

私はすぐに脈をとってみたが、すでにこと切れていた。

作業服は血に汚れ、引き裂かれ、そこから皮膚を突き破った折れた肋骨が数本白く顔を見せ、胸全体が大きく陥没していた。

私は一寸診て、黙礼した。

「ひどいね……」

警官が目をそむける様にしてつぶやいた。

看護婦がやっと登ってきたが、被害者を正視することはできなかった。

「検死の人が来るまで待ちましょう」

私が言って、血で汚れた手を洗うため、どこか清水の出るところを尋ねた。中の一人が教えてくれた。

山脇の木立に行くと、小さな岩と岩の間に清水がこんこんと湧きでていて、そこに薬罐と弁当が置かれていた。

皆んな何もしゃべらなかった。

「先生、かなり遅くなりそうですが、検死官が来るまで待って貰えますか」

警察官が気の毒そうに私に尋ねた。

死体をこのままにして帰ることもできず、私は頷いた。

時間は十一時に近かった。暑い日射しだった。

十一時半頃検死官が登ってきた。

私と検死官ともう一人の男が立ち会った。他の人々は死体の傍を離れた。

検死官は遺体の顔のタオルを取り、胸の衣服をハサミで切り開いた。

「胸部圧迫、胸部破裂で死因はいいですね、先生」

と私に念をおした。

私は頷いた。

それから検死官は容赦なく角度を変えて何枚も写真をとった。

「あなたが御主人ですね」

傍の男に尋ねた。男は頭を垂れた。眼から涙を流していた。

「一体どうしたんかね」と検死官は詰問するように言った。

「八時頃、仕事を始めてすぐでした。何時もなら大概私と一緒に仕事をするのですが、今日に限って私と離れて仕事をしていました。鎌で杉の皮をはがす仕事なんですけど……。ギャッと言う妻の声を聞いたのが最後で皆で一所懸命に丸太を抱えましたが、何しろ足場も悪く丸太も重くどうする事も出来ませんでした。それでも暫くは息はあったんですが」

「何時も二人で一緒に仕事に出て来るのかね」

「ええ、仕事熱心な女でしてね。仕事に出るのを一度も厭がったことはなかったんですが、今朝だけは、今日は父ちゃん、どうも気がすすまんと言いましてね。こんな事になるなら休ませればよかった。今日は小学校に行っている子供の授業参観日でしてね。妻はそれに行きたかったのでしょう。朝六時頃はげしく雨が降りましてね。丁度よかったのでお前は行って来てもいいよ、と一旦、私は許可したのです。ところがそれから晴れ間がでて来ましてね、またたく間によい天気になったもんですから……。妻がね、お父ちゃんだけ仕事にやるわけにはいかんとついて来たのです。私達の仕事は雨が降ったら出来ませんから、晴れている時にやっておかないとどうにもならんのです。又いつ天気が変わるかわかりませんしね。こんな事になるなら授業参観に無理してでもやればよかった。妻は楽しみにしていましたからね。あのまま雨が降り続いていたらよかったのに、晴れ間がもうすこし遅かったら……」

主人は男泣きに泣きだした。

「まあ、元気を出して……」

検死官もなぐさめの言葉もなく、後は黙った。

「子供達に何と言って、言い訳したらよいのか」

主人は痛恨にうめく様に言った。

担架に遺体をのせ、急斜面を降りるのは登るより骨が折れた。石がゴロゴロして、切株があり伐採した材木の山があり、十数人の男が次々と足場の良い所を捜し、リレーのように担架を渡しながら降した。私は虚しかった救急箱を肩にしていたが、重く感じ何度かころびそうになった。担架から遺体がころげ落ちそうになったりもした。

遺体は空きトラックで運ぶことになった。

主人が原っぱで全員に御礼の言葉を述べたが、皆んな項垂(うなだ)れるだけであった。

時間は正午をとうに過ぎていた。

「これから帰っても着くのはどうせ二時過ぎですね。先生この近所に山女魚(やまめ)のいる渓流がありますが一寸寄ってみましょうか」

釣りマニアのZさんが私に言った。

私も釣り好きであったし、まだ山女魚を見たことがなかった。

Zさんは何処に行くにも釣竿を用意していた。

折角の日曜日が吹っ飛び、家で私の帰りを待つ妻子の姿が浮んだが、渓流で山女魚の一匹でも釣れれば、気も晴れるかもしれないと思った。

Fバス停前の駐車場で救急車が停った。

救急隊長が、

「先生、私の家はこの先を左にまだ二里も登らねばなりません」

と私に教えた。

「まだ二里もあるの」私はびっくりした。

この底抜けに明るい看護婦も随分難儀したのだな……、と私は感じた。

林の中を降りて行くと新緑の中に渓流が音をたてて流れていた。

水はこの上ない程澄みきっていて、そこに新緑が影を落としていた。

Zさんは早速釣竿で釣り始めた。

私と看護婦二人は岸に立ってZさんの邪魔にならないように眺めていた。

魚影がいかにも濃いという感じで、これならきっと釣れると思った。

「先生、人間ってみじめで可哀相ですね」と救急隊長が小さな声でもらした。

私はその意味を聞きとれたのだが、わざと
「何か言ったか」

と振り返ったが、隊長は恥ずかしそうに二度とくり返す事はしなかった。

「先生、かかりましたよ」

Zさんが釣竿をあげると山女魚の銀鱗が宙に跳ねた。

私はZさんのところへ行こうとして、石を渡りながら、ふと「子供達に何と言い訳したらよいのか……」

と嘆いた主人の言葉を思い出していた。

霧の町

子供達の夢をはぐくむ旅にもいろいろある。

ある子は絵画コンクールで入賞した御褒美にとハワイ旅行をプレゼントされたり、またある子は進級するにあたっての社会勉強にと、日本一周旅行をさせてくれたりする豪華なものから、親の名代で隣村まで峠を越えて御祝物を届けさせられる旅もあり、友達二、三人と冒険心から奥山に踏みこみ、帰路に迷い、駐在さんに叱られて、連れ返えられるのも、旅である。

旅に大、小はあっても、子供心になにか名残りをとどめることに変わりはない。

日常生活でも、一寸先は闇であることに変わりはないが、旅は未知の世界への踏行であるために、その感は一層深い。

九州の中央部の山岳地帯を横断する何本かの鉄道のなかにQ線があって、そのほぼ真中にＨ市がある。

Ｈ市は盆地と水郷の町で、その織りなす景観は山紫水明と称えられて全国的に知られ、また木材や椎茸などの農産物の集荷地でもある。

特に盆地をなす周囲の山々の峰や谷から、折り重なる山々のかすかな間隙をつくる渓谷から、幾筋もの川がＨ市に流れこみ、ここではじめて満々と水を湛える大河となる。

九州の中央部に源を発しＡ海にそそぎこむＴ川は、このＨ市あたりから本流となる。

Ｈ市では、夏には大河に遊船が浮かび、鵜飼なども行なわれ、市内にはいたるところに清流が流れ、どんな側溝にもいつも軽やかな水音が聞える気持ちのよい町である。

そのＨ市の三月末の肌寒い日の昼下り、Ｈ駅から街の中心部にあるＤ病院に、市の消防署の救急車がけたたましいサイレンの音をたてながら走っていた。

救急車には、顔をひきつらせた駅長と駅員が二人、それにベッドには意識をなくした老婆と、その腕をにぎって名を呼びつづける孫が乗っていた。

救急車が走っている頃、Ｄ病院は昼休みで、待合室には、二、三人の患者が午後の診察時間を待って、所在なげに週刊紙に見いっていた。

　事務室では若い事務員達が、この次の休日には花見に行こうかとか、ボーリングの話などして楽しい笑い声をあげ、看護婦達は更衣室や看護婦詰所などで横になり休息をとっていた。

　救急車の音が段々近ずいて来ても、病院の従業員達は、自分の病院に運ばれて来るのがわかっていながら、少しもあわてる様子はなかった。

　病院にとって、救急車は日常茶飯事で、仰々しい割にはほんの一寸したかすり傷であったり、酒をのんで喧嘩した男をはこんで来ることもあり、また時には夜中に呼ぶタクシーがなくなり、家の近くの病院まで仮病を使って送らせる悪辣な者もいたりするので、皆んな慣れっこになっていた。

　病院に務めはじめの者はあのサイレンの音を聞いただけで、飛びあがり、心臓がしめつけられて青ざめ、古株の従業員から笑われたりした。

　それでも救急車がいよいよ病院の玄関の前にとまると、こんな昼休みにと心では迷惑に思っていても、談笑をぴたりと止め、横になっていた看護婦達も起きあがって玄関に殺到する。

　従業員が殺到する前に、入院患者は窓から好気心にみちた顔を覗かせたり、なかにはまだよく歩けない不自由な身でありながら、付添婦に無理言って、松葉杖をつきながらわざわざ玄関まで見にくる物好きもいる。

こういう物好きは、大概救急車で運ばれてきた連中だった。

救急車がつくと、D病院のせまい玄関は、いつも従業員と見物の患者で足の踏み場もなくなった。

院長はいつもこの状態を憂えて、必要な人員だけが集まればよいのにと、口を酸っぱく言っていたが、一向に改善されなかった。

顔をひきつらせた駅長と駅員、消防署員の手で担架は外来診察室に、人波を分けて運びこまれた。

担架の上の血の気をなくした蒼白な老婆の顔をみて、見物の患者の中から、「こりゃ本物だ」という驚嘆と皮肉の入りまじった声があがった。

患者達も、救急車で運びこまれてくる患者の質を知っていた。

外来診察室のベッドの上に患者が移されると、看護婦達が担送者を追い払うように、ベッドの周囲をとりまき、一人は血圧を測り、二、三人の者が衣服を脱がせ、外傷や打撲の有無をしらべる。

特に意識喪失者や、出血のために衣服がよごれている場合は、容赦なく鋏で衣服をたち切る。

衣服を惜しんでいると大事な所見や傷を見落すことがある。

ベッドの上に横たわる救急患者は、小柄でやせた七十すぎの老婆で、白髪には黒い血がこばりつき、顔は血の気を失い和紙のように蒼白で、見開いた眼には生気はなかった。

血圧を測る看護婦は、先から粗末な木綿の着物の袖をまくりあげてマンシェットを巻いて測ろうとするが、骨と皮にやせた腕には、大人用のマンシェットは大きすぎて、どんなに空気をおくりこんでも水銀は上昇せず狼狽していた。

「またそんな馬鹿なことをして、そのやせた腕に大人用のマンシェットで測れるわけないいじゃないか、小児用のを使わにゃ。道具は大きさを見て使いわけるんじゃ」と背後からM主任の雷が落ちてきた。

その声で、すぐに他の看護婦が道具をとりに走った。

M主任はこの病院に十年以上も勤める古株で、事務もするし、営繕もやり、時には救急車の運転もするが、長い間の見聞で、医学的知識もかなり持っていた。

主任は、老婆の容態を一瞥すると「すぐR先生を呼んできなさい」とどなった。

看護婦が走り、R医師がやってきた。

R医師は、この三月からD病院に勤務しはじめたばかりの若い医師であった。

R医師は老婆の右顔面から後頭にかけて、瘤のように突き出ている血腫と左側頭骨の陥凹骨折を詳しく観察し、それから瞳孔や腱反射を調べて、緊張した顔でM主任の方をふりかえり、小声で「こりゃいかん、頭蓋内に出血している」と言って、「一体どうしたんですか」と看護婦の垣根の後で、心配そうにおどおどして立っている駅長にたずねた。

「実は、私達も雲をつかむような気持ちでして、現場をたまたま見ていた駅員によると、幼児に手をひかれて列車からプラットホームに降りた老婆が、ふらふらと二、三歩あるいてホームの鉄柱のそばまでくると、突然前のめりになるように倒れ、鉄柱で前頭部をうち、そのまま横にひっくりかえったそうで、私達がかけ寄った時にはすでに意識はありませんでした。私達はあわてて救急車を呼んだわけです。ね、そうだろう」と駅長は色の黒い若い駅員に念を押すように答えた。

若い駅員はあわてて、頷き返した。

R医師は話しを聞くと、看護婦達の間にちょこんと立っている、うす汚れた顔に不均衡な新調の赤いワンピースを着てあどけないが、眼に涙をためて心配そうな顔をしている幼女に目をやった。

それから、R医師は傷口などに応急処置を行なって、看護婦達に頭部のレントゲン写真をとり、その後は病室に収容し酸素吸入と止血剤などの注射をするように指示した。

老婆が運こび出されると、R医師や駅長達は幼女を取りかこむようにして、名前や住所などを聞き出そうとしたが、事故のショックと見知らぬ土地で、見知らぬ大人達に訊問される恐怖のためか、必死に涙をこらえていた顔から、堰を切ったように大粒の涙がこぼれはじめた。

R医師はあきらめて、幼女が落着くまで看護婦達にまかせることにした。

消防署員がふと思いついたように、老婆の所持品を調べてみたらと言い出した。看護婦が老婆の全所持品を持ってきて、机の上にひろげた。

所持品は信玄袋と、帯の間から出てきたハンカチとチリ紙だけであった。

信玄袋の中にはすり切れた財布と数珠と、新聞紙につつまれた数個の紅白の餅がはいっており、財布には一枚の切符とわずかの小銭があるだけだった。

切符は始発がA駅で、行先はH駅から五つ先のD駅になっていた。

D駅は山間の小駅であった。老婆がA町の住民であろうという以外は、なんの手懸かりも得られなかった。

駅長はR医師に、この事故はなんら国鉄の落度でおきたのでなく、まわりの乗客の話でも、老婆は汽車に酔ってH駅で途中下車をしようとして、ホームで倒れたのだから、おそらく国鉄から見舞金はだせないだろうと思うが、老婆の身許割出しには協力したいと言って、一刻も早く責任を逃れるように早々と引上げていった。

R医師はM主任とレントゲン係のCさんの三人と、レントゲン写真や検査結果を検討して、陥凹骨折を伴う硬膜下血腫と診断して、経過によっては早急に開頭手術を行なわねばならず、いずれにしても予後は良くないという結論に達した。

D病院では、この曜日は毎週、院長がF国立病院に勉強に出掛ける日で、一切をR医師に任されていた。

院長は長年の開業生活から、頭から足の先まで、ほとんどの臓器の手術を器用にこなせる腕をもっていたが、R医師はまだ経験も浅く、特に脳外科の方にはお手上げであった。

R医師はすぐにF市にいる院長に連絡をとらせたが、昼食に外出しているという返事であった。

R医師は困惑し、どんな患者でもこなさねばならない地方の病院に勤務したのを後悔した。早期に開頭すれば、万が一にも救命しうる可能性を考えると、責任の重さに胸が張り裂ける思いであった。

老婆は空室の関係から、八人収容の大部屋に運び上げられた。

大部屋はどこの病院でもそうであるが、軽症が多く、D病院でも、足の骨折とか頭部外傷後意識は回復したが、まだ頭が少しおかしい患者や、胃や胆嚢の手術を受けた退院前の患者が収容されるところであった。

大部屋の患者にとって突然飛びこんできた老婆は、半ば自分達の平穏な入院生活を乱す迷惑者であると同時に、半ば退屈さに飽き飽きしている時に、迷い込んだ興味ある闖入者でもあった。

どの患者も窓際のベッドを好んだので、老婆のベッドは部屋の中央であった。老婆の隣りには、中年のノイローゼの男が発作的に便所の消毒液を飲んで担ぎこまれて、胃洗滌で辛うじて一命をとり止めまだ青い顔に虚ろな眼をして寝ており、その向こうの窓際のベッドには、電気工事の職工が感電し、上半身に電撃傷をおって眼と口以外は白い包帯を巻かれて横たわっていた。

老婆には鼻腔からの酸素吸入と点滴注射がはじめられていた。蒼白な顔と見開いた眼は、とても生きているとは思えなかったが、時々かすかな呻き声と喘鳴を発した。

看護婦が時々、時間注射と容態観察に来る以外は、重症患者を迎えて大部屋は息を殺したように静まりかえっていた。

どこの病院にも長年居座って動かず、病院内のことは何んでも知り尽くしている、病院の主みたいな患者がいる。

D病院では、この大部屋にいる七十すぎの老夫婦がそうであった。表面的には夫婦と公言していたが、姓もちがい、病院で淋しさのあまり夫婦の契りを結んだ仲であった。

二人共同じように関節炎と心臓が悪く、歩く恰好もそっくりであった。

特に老婆の方がおしゃべりで、病院では回覧板と綽名され、病院内のことはなんでも言いふらして回った。

そして、重症患者の生死や死期を長年の経験から、ほとんど間違いなく言い当てる鋭い勘を持っていた。

今度も、運びこまれた瀕死の老婆を見て、横の連れ合いと何か意味ありげにひそひそと話していた。

婦長室ではストーブで暖をとって、やっとショックから立直った幼女が、自分と母の名前と通っている保育所をうちあけ、今朝の老婆との旅立ちの模様を話しはじめていた。

それによると、幼女の家族は老婆と両親、幼女の四人で父は二年前から関西の方に出稼せぎに出ていて、月々のわずかの仕送りの他は、ほとんど便りがなく、母は幼女を保育所に預けて、日雇いに出ていた。

幼女は今春から小学校にあがるのであったが、一度も汽車に乗って旅をしたことがなく、いつも母や祖母にどこかに連れていってくれとねだっていた。

今朝、母親が仕事に出掛けた後、突然老婆が孫に、汽車に乗せてあげるよと言い出し、駅前の洋服屋で洋服を買ってくれて、みすぼらしい普段着と着替えさせ、それから餅屋に寄って数個の餅を買うとそのまま汽車に乗込んだ。汽車が動きだすと老婆は孫に、これからおじいちゃんのお墓参りに連れていってあげると言った。

幼女は祖父の顔も知らなかったし、そんな墓の存在も聞いたことがなかったが、とにかく嬉しかった。

幼女にとって生れてはじめての旅らしい旅であった。

数駅すぎた頃から、老婆は乗物酔いをおこしたのか、吐き気がおこり、H駅まで来た時、耐えきれずホームに降りるとすぐに倒れたとのことだった。

R医師はその話をきくと、幼女の保育所の線から、母親に連絡をとってみようと考えていると、H駅から電話で、A駅の駅員のなかに老婆の知合いがいて母親と連絡がとれ、次の汽車でそちらに出発するといってきた。

午後三時すぎには院長とも連絡がとれ、今からすぐ帰るので気管切開をして気道を確保し、できれば脳血管撮影を行なって、血腫の位置を確認しておくようにとの事であった。

R医師は、気管切開や脳血管撮影を成書で読んだり、実施するのを見たことはあったが、自から手をくだしたことはなかった。

赴任したばかりの病院で、未経験の技術を興味の目で見つめる看護婦等の前で行なうことは相当勇気のいることであった。

地方の病院に赴任する場合、どんなことでも出来ねばならないとは聞かされていたが、こんなに早く鼎の軽重が問われる時が来るとは思いもよらなかった。

院長からの指示で、看護婦達はただちに老婆を手術室におろし、気管切開の用意をはじめた。

R医師は度胸をきめた、とにかく時間はかかっても丁寧にやることだと思った。

外科の基本は出血すれば止め、邪魔をするものがあれば丁寧に剝離していくことだと自分に言いきかせた。

無影灯の下で、老婆の顔は一層蒼ざめて痰がつまり苦しそうであった。

Ｒ医師は喉の正中線中にそって思いきってメスを入れた。

手はふるえなかったが、腋窩から冷汗がすうっと流れるのを感じた。血圧がさがっているため、ほとんど出血はなかった。

Ｒ医師は局所解剖の図解を思いうかべ、血管、筋肉を一つずつ丁寧に剝離し、気管を表面に露出した。気管軟骨がにぶい白色に光って見え、そこに思いきり縦にメスを入れると、切創から膿性の痰がふき出した。

まわりの看護婦から思わず、ウオッという声があがった。

すぐに痰を吸引し、すばやく気管カニューレを挿入した。

Ｒ医師は非常に長い時間が過ぎたように思われ、ほっとすると同時に、全身の汗腺から玉のような汗がふきだし、下着がびしょびしょに濡れたのを感じた。

気管切開が終わると、老婆は手術室の前のレントゲン室に移された。脳血管写は頸動脈に穿刺針をさし、造影剤を強い力で注入して、脳血管の走行をしらべ、それによって頭蓋内血腫の存在場所を知るものであった。

血圧のさがった老婆の頸動脈の拍動はかすかで、穿刺針をうまく刺すのは容易なことではなかった。

Ｒ医師は何度やってもうまくいかず、焦燥しまた汗の流れるのを感じた。

背後でＭ主任の声が、Ｒ医師の心の中を見透かすようにとんだ。

「こんな難しいのは、私も多く見てきたが始めてです。Ｒ先生、まあゆっくり行きましょうや、本人は昏々とねむっているし、院長が帰り着くまでには時間はたっぷりありますよ」

まわりの看護婦から、Ｍ主任の独特の口調をきいて、笑いがおこった。しかし、その笑いは侮蔑の笑いではなかった。

額から汗を流して真摯に頑張っているＲ医師の緊張をときほぐす暖いものであった。

Ｒ医師は周囲の暖い視線を感じ、今度は落着いて、頸動脈を二本の指でしっかり固定して、思いきりつき刺した。

木綿の厚い布地をつきさしたような確かな手答えがあって、動脈血の鮮血が穿刺針から糸のように逆流して飛び散った。

あとは、造影剤のはいった注射器と、生理食塩水の注射器を交互に圧入して、造影は終った。

脳血管写所見では、陥凹骨折部に一致して硬膜下血腫が出来ており、それが脳実質を圧迫していた。この血腫が増大していけば、老婆の生命は時間の問題であった。

午後四時を過ぎていたが、院長が帰院するまでには、あと一時間はかかるため、老婆を再び大部屋にあげた。

ベッドの横の大きな椅子に、幼女がぽつんとこし掛けて老婆を待っていた。部屋の誰かに貰ったのか、丸い大きなセンベイを手に握っていた。

幼女にとって、喉を切られ、そこにつき刺った鉄の円筒から呼吸をする老婆は、もう肉親と云うより、意識をなくして横たわる一個の物体のようにうつっていた。

幼女は帰ってきた老婆の手を握りしめて、何度か呼びかけたが、無駄なことを知ると、下をうつむいて泣きはじめた。

三月の末で、日は一日一日と長くなっていたが、H市独特の霧が街全体をおおいはじめ、日暮れが早く、部屋には灯がともった。

四時半頃、再び、H市内を聞きようによっては、ユーモアのある、救急車のピーポー、ピーポーと云う音が響き、D病院の前に止った。

「降れば、土砂降りね、また来たわ」と年増の看護婦が呟やいて玄関に走った。

若い看護婦が雨の降っていない窓外に目をやり、諺（ことわざ）の意味を解しかねて怪訝な顔をして後を追った。

病院は夕食の時間であったが、患者は夕食をそこのけにして玄関に集って来た。

「今日は本物ばかりだ」という声があがった。

患者は六十才ぐらいの男性で、二、三日前から腹が張り始めて、今日になり、急に蛙腹のようになり、もう痛さを通りこして、意識がなくなり始めていた。

R医師が腹部を診察すると、腸には空気が充満し、皮膚の静脈は怒張して浮きあがり、打診するとポンポンと太鼓をたたくような音がした。明らかに腸閉塞をおこしていた。

これもまた、緊急手術が必要であった。

四時半過ぎに、院長がタクシーで着いた。

院長はすぐに白衣に着替え、R医師からあらましを聞くと、むつかしい顔をして大部屋にとんであがった。

院長は老婆を一瞥すると、「こりゃいかん、すぐ手術だ。こんな重症を大部屋にいれて、どうするんだ。まわりの患者も迷惑するじゃないか」と婦長に向って怒鳴った。

「空ベッドがなかったものですから」と婦長がどぎまぎしながら答えた。

「ベッドがなければ、患者を移動させるのが、君の仕事じゃないか。すぐに移しなさい。家族はどこにいる」

「今のところ、この子だけですが、もうすぐ母親が汽車で着くはずです」と婦長は、幼女の頭に手をやりながら答えた。院長はベッドの横にたたずんで、院長の方を恐ろしそうにうわ目遣いで見ている幼女を一瞥すると、一瞬表情をやわらげ、

「それじゃいかん。すぐ駅長を呼びなさい」と入口の看護婦に言った。看護婦が部屋をとびだして行った。

「他の家族には連絡はとれているのか」

「ええ、父親は出稼ぎに大阪に行っているとかで、まだ連絡がついているかわかりません」

駅長に電話に走った看護婦が戻ってきた。

「駅長はあれから大分に出張したそうで、不在でした」とこの場に不釣合な声高ではっきりした口調で言った。

「君はまた、融通のきかない頭をして。駅長がいなければ、次の責任者、助役を呼ぶんだ」

看護婦は赤い顔をして、また駈け降りていった。

院長は階下に降り、満床のためにレントゲン室の片隅に寝せられている腸閉塞の老人を診察し、渋い顔で「これもすぐ手術だ。しかし、頭の方が先だ」と言った。

院長は外来診察室に戻ると、渋い顔を崩さず椅子にすわった。まわりの椅子にR医師、M主任、Cさんがすまなそうな神妙な顔ですわり、四人は一言も言葉を交さなかった。

まもなく、助役が駆けつけた。

院長は助役に、すぐに老婆の頭を開頭して血腫をとり除かねば、生命はない。しかし開頭するには、家族か、それに近い責任者の承諾がいると話した。

助役は人の良さそうな顔に困惑の表情をうかべ、自分はその責任者として不適格で、あと三十分したら母親が汽車で到着するので、それまで待ってほしいと言った。

院長はしばらく考えたが、助役も、あの子も、老婆の生命を左右する手術の承諾を得るには酷だと判断した。

院長の叱責で、老婆は重症のはいる二人部屋に移されていた。

隣りのベッドには、一昨日、単車で帰宅中の高校生が、五米もある崖下に転落して、脾臓破裂をおこして大出血をきたし、脾臓剔出をして、辛ろうじて生命はとり止めたが、まだまだ生死の境をさまよっていた。

病床には、両親、兄弟をはじめ先生や友人が多数詰めかけていた。これまでに十数人の者が献血を行なっていた。

今夜が峠で、今夜持ちこたえれば、助かると院長から宣言されていた。

見舞客は、少年の容態に一喜一憂して、隣りに移ってきた老婆をかえり見る余裕はなかった。

隅の椅子で、幼女が婦長から貰ったうどんを、手に不均衡な大きなハシで食べていた。

静かな室内では、二人の重症患者の酸素吸入の音が、沖を渡るポンポン船のような音をたてていた。

静寂がしばらく続いたと思う頃、日雇の工事場から直行してきたもんぺ姿のままの母親が、息せき切って階段をかけ上がってきた。

母親は無残に変りはてた老婆の姿に、一瞬とまどい、それから老婆の蒼白な顔に頬ずりするようにして慟哭した。

「なんで、私に黙って出掛けたんじゃ、一言でも言ってくれたら！　こんな姿になってしもうて！」

泣きさけぶ母の背に、幼女が抱きついた。

幼女も、これまで我慢をかさねてきた恐怖と孤独感から一度に破裂したように泣き出した。

母親はむきなおり、「ごめんね、淋しかったろう！」と言って、わが子を抱きしめた。隣りの見舞客が一、二人と廊下に退去した。

そばについていた看護婦が、興奮の沈まるのを待って、母親を院長室に連れて行った。

院長はシャカステンに脳血管写の写真をかけ、母親に一通り説明して、

「すぐに開頭せねばなりません。手術しても無駄かもしれないが、すれば一縷の望みがあります。開頭するには一応肉親の方の承諾を得る必要があります。どうしますか」とたずねた。

院長は、出来るだけやさしく説明したが、母親は頭を開けるという言葉に動転して、茫然としていた。

「とにかく、一刻も猶予できません。あなたが承諾していただければ、すぐに手

術にかかります」と再び念をおした。

「万が一でも助かるのであれば、奥さん、手術をしてもらったらどうですか」と駅の助役も助言した。

「主人が、いま大阪から飛行機でこちらに向っているはずです。主人がいいと言えば……」

「飛行機といっても、ここに着くまでにはまだ時間がかかります。それでは間に合いません。他に肉親の方はいませんか」と院長は少しいらだってたずねた。

「佐賀に主人の弟がいます。これは実子ですから……」

「それなら、その人にすぐ電話をして下さい」

電話はすぐにつながった。

母親は泣き声で、しきりに何かを訴えていたが、要領を得なかった。

R医師が替って事情を説明した。相手は農村の人らしく、朴訥で訛の強い言葉だった。

とにかく、今からすぐ、そちらに行きます。兄貴も大阪から帰って来ているとのことだから、なんとか、それまでは生命を持ちこたえさせてほしい。万が一助かるものなら、すぐ手術をはじめてください。血液が要るでしょうから、できるだけ多くの者を連れてくるとの事であった。

すぐに手術の準備がはじめられた。

近所の理髪屋が呼ばれ、老婆の頭髪をけずるようにして剃りあげた。

血圧のさがった老婆の頭皮は、不気味なほど青々としていて、むしろ若返って見えた。

人は年をとると、再び赤児にかえると言われるが、手術台の上に頭髪を剃られて、ちょこんと乗せられている小柄な皺の多い老婆の体を見ていると、本当に生まれたばかりの赤児にそっくりだと、R医師は思った。

R医師が麻酔をかけたが、意識をなくした老婆には麻酔はほとんど不要であった。

頭皮を剝がし、電気ドリルで頭蓋に穴をあけ、穴と穴に糸鋸をとおして骨を切る。これを次々に繰返して約五センチ直系の頭蓋骨を切り取った。

中から血腫をおこした脳実質がとびだしてきた。

額から首筋に汗を光らせて、院長は「早く、脳圧をさげないか、手術ができやしないじゃないか」と看護婦にあたりちらした。

看護婦達があわてて右往左往した。誰かが、過って膿盆を跳とばし、手術場にけたましい金属音が響いた。

「気をつけないか、気が散って出来やしない」と院長は怒鳴った。

手術で緊張した時に、院長は怒鳴りちらす癖があった。

夢中に怒鳴ることによって、院長は自分自身を叱咤激励しているのであった。

R医師は、脳降圧剤を次々に注射した。

M主任やCさんも、注射を取りに行ったりして加勢した。

注射の効果はほとんどなかった。腫れあがった脳は、時間がたち過ぎて不可逆性になっていた。

出血は吸引しても、吸引しても止まらなかった。

血圧がどんどん下がり、四肢は冷たくなってきた。

輸血が次から次に行なわれた。血圧が下って来ると、出血は一時止るが、上って来ると又じわじわ出てきた。

ガードの上を通過する夜汽車が、轟音と振動を手術場に伝えてきた。窓外は完全に夜になり霧の深い夜であった。

手術場の前の薄暗い廊下で、母子が心配そうに手術の終るのを待っていた。

R医師は疲労したのを感じた。無影灯が瞬間的に、明るくなったり、急に暗くなったりするように見え、眼をつぶると、天井がぐるぐる回るような眩暈をおぼえた。

R医師は右手でバッグを押し、左手で手術台のはしを握って体をささえた。

出血そして止血の操作が、延々とつづけられた。

どのくらい時間が過ぎたであろうか……。

「よし、骨はとったままにして、頭皮だけ逢合して手術を終ろう。あとは新鮮血をいれて、自然に止血するのを待つほかない。すぐ次いで、腸閉塞の手術をやるぞ」と云う院長の声が聞えた。

老婆は酸素テント室にはこばれた。

手術場では、続いて腸閉塞の手術が始められた。

蛙腹のようになった腹部にメスを入れると風船玉のように脹らんだ腸がむくむくと飛び出してきた。

院長は手に余り、吸引器の針を腸に刺してガスを吸引すると、腸は見る間に萎んでいった。

院長はたくみに腸を手繰り、捻転している部を見つけ、その部がすでに壊死に陥っていることを確認すると、腸切除に踏みきった。

看護婦が手術場にはいってきて、佐賀から老婆の家族が到着し、輸血のために数人の同行者も来ていることを告げた。

院長は、すぐに血液型を調べ、交叉試験を行なって輸血するように指示した。

手術場から二、三人の看護婦がそちらに動いた。

時々、器械のすり合う音のする以外、息を殺したように、静まり返った手術場に、遠くから次第に近ずく救急車のサイレンの音が聞えた。

椅子にあがって手術を見物していたM主任が、

「やっぱり来ましたね。二度あることは三度と昔の人は言いましたが、偉いですね。霧の中を御苦労さんです。皆さんお疲れでしょうが、もう一発頑張りましょう」と独特の声色で人気のある野球解説者をまねて周囲を励ました。

時間はとうに十時を回っていた。疲労困憊した体に、またかという気持の流れる時であった。

M主人は、タイミングよくジョークをとばし、皆の心を奮い起こさせる名人であった。

R医師も、老婆の時に感じた疲労感が不思議に消えているのを感じた。

疲労も極度を越すと、疲労をも麻痺させてしまう。

救急車が玄関の前に止ると、二階の看護婦詰所から看護婦が駈け降り、手術場からも手のすいた看護婦が援助に走った。

すぐに救急患者の報告が来た。「今朝から尿が急に出なくなり、腹が張り、痛がっています。それから、大阪から老婆の長男の方が今着きました。老婆の血圧は新鮮血をいれても上がりません」

院長は頷いた。

「なんだ、小便がつまったんか。そりゃどうションベンもないな」とM主任がジョークをとばしたので皆がどっと笑った。

手術も難かしい所を終わり、皆の心もほっとした時だった。

院長の顔に疲れが見え、顔は脂汗でどす黒く光り、鬚ののびが目立ってきていた。

腸を切除して、喘々吻合を行なうと、患者の顔は見る間に回復してきた。

手術が終わると、院長はR医師に今担送された患者のことを頼んで院長室に引き揚げて行った。

R医師は外来診察室にねせられ、うんうん唸っている六十年配の老人に、直腸診を行ない前立腺肥大の存在することを確めると、ブジールングをして尿道をひろげた後、ネラトンカテーテルを挿入して導尿した。

濁った尿が、いきおいよく飛び出してきて、見る見るうちに尿器を充たしていき、次第に患者の顔も穏やかになってきた。

人間、出るものが出なければ、また出すぎても耐え難いものだ。

患者は、R医師の方へ神様でも拝むように両手を合せた。

R医師はてれくさそうに部屋を退去し、老婆を観察に行った。

病室には立錐の余地のない程の人垣が出来て、老婆の枕頭で、出稼先の大阪から駈けつけたばかりの長男が、大声で泣きながら意識のない老母に語りかけていた。

「婆ちゃん、俺が悪かった。出稼ぎに出た切りで、一度も家に帰らんやったもんな。万博にゃ婆ちゃんも呼んでやるて約束しとって、とうとう呼んでやらんやったもんな。嘘じゃなか、今度はいい勤め口を見つけたき、今度こそ皆んな呼んで一緒に暮らそうと思っとった。婆ちゃん、あんたは生まれて一度も関門海峡を渡ったことがなかったもんな。日本もこぎゃんしとるばってん、結構広いばい。あんたは何処に行こうとしたんな。もう爺ちゃんの墓は、あそこにないのは知っとったろうが。孫と一緒に旅行したいなら、したいと言って呉たらよかったに」

R医師は後ずさりをするように、その場をはなれた。

三月末の盆地は、まだ底冷えがきびしかった。

食堂では、看護婦達が遅い、冷えきった食事をとっていた。

M主任とCさんがコップ酒を飲んでいた。

M主任は、皆なの労をねぎらうように、さかんにジョークをとばしていた。

「R先生、まあ一杯飲んで下さい。今日は、先ず頭、次に腹、その次が尿道と、上から順に下がって来ました。次に来るなら足の骨折しかないと私はよんでいますが、どうです。ギブスの用意をして置きましょうか」

R医師は苦笑して、コップ酒の仲間にはいった。

十一時過ぎた頃、看護婦が駈けつけ老婆の呼吸が止まり、脈もほとんど触れないと言った。

R医師、M主任、Cさんがさっと立上り、老婆の方へ走った。

途中M主任が、バードレスビレターを準備しましょうかと云った。

R医師は老婆の容態を考え、「もういいでしょう」と答えた。

自分が手遅れにしたのではないかと考えると、R医師は自責の念で足が重かった。

老婆はすでに、こときれ病室は号泣が渦巻いていた。

幼女が一人、渦巻きから押し出されたように廊下にぽつんと立っていた。

消灯後、寝静まったはずの大部屋では老婆の死をいち早くキャッチしていた。回覧板と綽名された夫婦者の、老婆がさかんにしゃべっていた。

「私しゃ、あの老婆を見て、最初からもう駄目と見抜いていた。昔から、私の村でもそうじゃったが、一人死ぬと後を追うように、すぐ死人が続いた。仏も一人じゃ淋しくて呼ぶんじゃろう。

この病院でも大概二人続いて死ぬる。一昨日、胃癌で死んだけん誰かが続くと思っとった。私しゃ昨日崖から落ちた高校生かと思っとったが、あの子は運がいい。替りに飛び込んで来て、身替りに死んでくれた。あの子はきっと助かるばい。今から行って、あの子の家族に言って励ましてきてやろうか」と隣りの老人にたずねた。

「また、いらんこつばして、自分自身が棺桶に半分足を突っ込んどるくせに」と老人は面倒くさそうに云った。

「あんたは、そんなことば云うばってんが、こりゃ大事なこつばい。人間の運命は生まれた時から決っとるんじゃが、それを変える、何か運命的なこつが起こるんばい。私がこの病院に入院した当初、そう四年前のことじゃった。私がまだ子供の頃、村で若い男女が好きようて駈落ちしたことがあった。女の方は連れ戻された。そして五十年後に女の方は子宮癌で、この病院で死んだ。そしたら、その日にどこか他所から流れてきて行き倒れのごとなって道端で死にかかっとった男がこの病院に運び込まれて死んだ。その男が、駈落ちした相手の男じゃった。勿論二人とも、そんなことは知りゃせん。奇しくも同じ日にこの病院で二人とも死んでしもうた。これも運命の引く糸やったんじゃ。私はそう信じとる」

「もうやめんかいな。何べんもその話を聞かされる」と老人が制した。

周囲の患者は、二人の会話を聞いているうちに、段々薄気味悪くなって、咳払いもしなくなった。

その中で、一人だけ先から鼾をかいて寝ている患者がいた。この男は、一ケ月前に交通事故にあい、一週間も意識がなかったが、手術をして一命を取り止めたものの、まだ頭は本当でなく、自分でも頭の中の真空管が、二、三本切れていると公言してまわっていた。老婆とこの男は、御飯を食べるときにペチャペチャ音をたてて食べるとか、便所のかえりに尿を廊下にこぼすとか言い合っていつもケンカをしていた。

「あんな男が、一番幸せたい。なんもわからんで寝とる」と老婆は軽蔑と憎悪をこめて云うと、足を痛そうにまげてウンウン唸り乍ら手洗いに立った。

老婆の死後の処置が終わると、病院の救急車が、今度は老婆の遺体を運んで行くことになった。

院長を始め看護婦が見送った。霧が深く、重く、水っぽかった。霧の中で、白い救急車は動き出すと、すぐ白い闇の中に吸い込まれて見えなくなった。薄暗い車庫の灯の中で、霧は激しく渦巻いていた。

R医師は、霧が雨のように顔を濡らすことを初めて知った。

M主任の提案で、R医師、Cさんの三人は、厄払いに一杯飲みに行くことになった。

R医師とCさんは裏口の車庫の中で、M主任の着替えを待っていた。

M主任はなかなか現われなかった。

十五分ぐらいして、玄関の方から主任が白い闇の中を大入道みたいな影になって走ってきた。

「どうもすみません。今日は霧まで救急車なみか」と主任はジョークをとばし、

「今日から見習い看護婦に来たばかりのFが、今日の老婆の死で、おじけづいて、病院をやめたいと言い出したもんですから、説教しとりました。近頃の若い者はどうも根性が足りん。あれくらいで驚いていたら、生きて行けないとやかましく言っておきました」

三人は霧の中を歩きだした。

R医師も、F看護婦が、老婆のそばに寄りきらず、部屋の隅で恐わそうな顔をして立ちすくんでいたのを想いうかべ、無理もないことだと考えていた。

「M主任、こんなに遅くまで開いている店がありますかね」とCさんが心配そうにたずねた。

「俺にまかしとけ、いい店を知っている。夜は俺の時間だと、君も知っとろうが」

R医師はやめたいと言い出した看護婦と、あの幼女の面影が重なりあって、今頃あの幼女はどんな気持ちで帰路についているだろうかと考え、

「こんなに霧が深かったら、遺体を送るのも大変でしょう」とR医師はM主任に問いかけた。

「なあに、ひと山越せば、霧などありゃしませんよ」とM主任の闊達な声が霧の中からかえってきた。

通りすぎたガードの上を終列車が轟音をたてて通過した。

R医師がふり返ると、白い闇の中を列車の車灯がぼんやりした一線となって宙を横切って行った。

霧はますます深く、三人の衣服をもう水をかぶったように濡らしていた。

夜の叫(さけ)び

梅雨にはいって、本格的な雨が降りはじめて三、四日たった休日の夜、その幼児は救急車で運ばれてきた。

休日の夜であり、明日のためにもと早めに当直室のベッドにもぐり込んでいた私は、救急車の警報に浅い眠りを破られ、医者としては抱いてはならない感情ではあるが、少々腹立しく、億劫で憂うつな気持ちになっていた。

土曜や日曜日の救急車はほとんどが交通事故で、どうせ飲酒運転か、遊び疲れの居眠運転の事故であった。

少しは医療従事者のことも考えて、ドライブもほどほどにしたらいいのにと、私は心の中で舌打ちをしながらも、職業的習慣からぬけきれず、救急車が近づくと独りでに手がのびてスタンドをつけ、ベッドからぬけ出し、ズボンをはき始めていた。

疲れた夜など、あまりに何度も眠りを破られると、今度は患者が到着しても、看護婦が容態を知らせに当直室にあがってくるまでは狸寝入りをきめこもうと決心していても、救急車の入口のドアがあけられ、声高なやりとりを聞くと、もう我慢出来ずに、二階の当直室から私の足は自然と下にむいているのであった。

所詮、我々医師には安逸（あんいつ）な夜はないのだと、私は何時も自分に言い聞かせて、自からを叱咤激励する。

どんな深夜であろうとも、本当に緊急処置が必要な場合には、不思議に疲労はふっ飛ぶものだが、酒がすぎて飲屋に眠り込んだ者や、一寸したかすり傷や、眠れぬので睡眠薬を呉れとか言う患者にあたると、無性に腹立たしく、怒りを通りこした悲しさを味わい、その後は眠れぬままの夜を過す事さえあるのだ。

いかに職業とはいえ、我々をもっと大事にしてほしいと叫びたくなることすらある。

今夜はどんな患者だろうか、小児科みたいな患者でなければよいがと真先にこのことが頭をかすめる。

高熱でもだしている子供なら、子供より親の方がヒステリックにひきつった顔をして、診断をくだしてもまだ不信の顔であれやこれやと聞かれるのはいやなものであると私は考えながら、廊下から階段と暗く静まりかえった院内の灯をつけながらおりて行った。

私の後から看護婦が、同情的な言葉をかけながら階段をかけおりて行く。

救急入口のスリガラスに、救急車の赤いランプが明滅しながらうつり、車から降りて来た人がガラス戸を激しくたたいた。

看護婦が大声で答えながら、救急室の明りをつけ、ドアをあけた。

外は意外に大降りで、風と共に雨が激しく吹き込んできた。

雨ガッパを着て、白いヘルメットをかぶった消防署員が、車の後のドアをあけ、担架を引きずりおろして、救急室のストレッチャーの上にかかえ上げた。

患者は三、四才の男児で、頭部から胸部にかけて血まみれであった。

私は一見して重症だな、と感じて、署員に事故の模様をたずねてみたが、事故の知らせを受けて現場に直行し、そのまま患者を運んで来たので、事故の状況を詳細に知っていなかった。

彼等も事故が大きければ大きいほど無我夢中で、とにかく一刻も早く病院に届けるのが精一杯であった。

送り届けると、彼等はさっと引揚げて行った。

室内は、物音一つしない静寂なものにかえった。

看護婦達は素早く慣れた手つきで、患者の雨と血に汚れた衣服をはさみで切り裂き、はぎとった。

呼吸は浅く早かったが、血圧は正常であった。

しかし、意識はなく、四肢をたえずこきざみに痙攣させていた。

顔面や頭部にこばりついた血液を生食水で洗い流していた看護婦が突然悲鳴をあげた。

右下に横になっていた頭部を起すと、右耳がストレッチャーの上にちぎれ落ちて、ころがっている様に見えたのだ。

私の目にも耳は根元からはずれ落ちている様に見えたが、セッシで持ち上げてみると、耳朶の部で辛うじてつながっていた。

出血はその部からのもので、他には出血はなく、胸部や腹部臓器の損創はなさそうであった。

私は頭髪を剃らせて、耳の縫合にかかった。

ぐしゃぐしゃになった皮膚や軟骨は取りのぞいた、感染でもおこせば、創傷の治ゆは望むべくもないからだ。

意識がないため、局麻はやめたが、針をさすたびに、かすかなうめき声を出して反応をしめした。

小さな針、細い絹糸で離断した耳を縫い合わせていくのは時間もかかったし、神経も使う仕事であった。

三十分もかかったであろうか、やっと縫い合わし終えた時、腕にしびれた様なだるさを感じた。

呼び出したレントゲンの係の者もやって来たので、全身のレントゲンをとるように指示して、カルテを記載する為に机にむかった。

氏名も年令も住所欄も空白なカルテであった。

事故の時はよくあることであるが、身許不明のこういうカルテに向う時、私は何時も虚しさと恐ろしさを憶えるのであった。

まもなくして、玄関の戸があき、ドヤドヤと四、五人の警察官と一人の老婆が入って来た。

老婆は興奮してわけのわからぬことを口走り、室内を見廻して、子供がいないのを知ると声をあげて泣き出した。

看護婦が気をきかしてレントゲン室の方へ肩をかかえる様にして老婆をつれ出し

た。

カッパこそ脱いでいたが、白いヘルメットから雨滴がしたたりおちている警官の一人が私に子供の容態をたずねた。

口調では、あんな事故の状況なら駄目でしょうねと言う風であった。

これからの検査や、経過を見ないと、なんとも言えないが、難しいかもしれませんねと私は答えた。

子供は四才の男児で、雨が滝の様に降る夜の国道を一人で渡っていて、軽四輪にはねられたのであった。

豪雨で膜がはった様になってほとんど視界がきかない路面で、軽四輪の運転手は突然道に飛び出してきた傘を持った小さな人影を発見して、あわてて急ブレーキを踏んだが、間にあわず、車体に鈍い衝動を感じた。

雨の中に倒れた子供を起そうとして、ぬるっとした感触が血であるのを知った運転者は驚愕して、男児をそのままにして、救急車を呼んだ。

今頃、警察で取調べを受けている不幸な運転手の気持ちも、私には理解出来るのだ。

今度の事故の詳細な事情はわからなかったが、毎日の様に交通事故をあつかっていると、必ずしも加害者だけが非難されることの難かしさもわかってくるのであった。

この様な雨の中で、この時刻に人通りの少ない国道を突然横ぎって来る幼児が居るなどとは、ドライバーでもある私にも、その時の運転手の驚きの気持ちが理解出来た。

警察官達は意識のない幼児に事故当時の模様を聞くのが不可能と知ると、レントゲン室の幼児の顔を一寸のぞいて、診断書を持って現場検証の為に帰って行った。

出来てきた幼児のレントゲン写真をシャーカステンに掛け私は念入りに見た。骨折はなさそうであった。

それでも、頭蓋内血腫の存在も疑われるので、脳血管撮影の準備を看護婦に命じた。

老婆が私の膝にすがりついて、なんとか、この子供の命を助けてほしいと哀願した。

この子の為に、この孫の為に私は生きている。この子が死ねば、私の生甲斐はなくなると、皺だらけの顔から涙を流した。

私は老婆を抱きあげ、やれる事はやりますので、しっかりして下さいと言って、待合室の長椅子に連れて行った。

老婆があんなに心配して居るのに、肝腎の両親が駆けつけないのを私は不思議に思った。

脳血管写真の結果では血管の走行に異常はなく、症状からして頭蓋底骨折が危惧された。

そうであれば、予后は悪いし、あとは運を天にまかせるしかなかった。

重症病室に収容させ、老婆には予后のよくない事を、私はできるだけわかりやすく説明したが、結局老婆は理解出来なかった。

老婆の関心は、私のいりくんだ説明よりも、とにかく孫の命を助けてほしいの一点にあった。

老婆は一時も孫のそばをはなれようとはしなかったが、かえって幼児のためによくないと判断して、私は看護婦に可哀想ではあるが、老婆を傍につけてはいけないと、厳しく言付けて当直室に入った。

私は、雨の中で一人はねられ、老婆だけしか駆けつけない幼児の身の上の事を考えるとなかなか寝つかれなかった。

看護婦が真夜中に幼児の呼吸がおかしくなったと知らせに来てドアをノックしよ

うとした時、「患者が急変したのか」と私の方が先に聞いたらしい。それには看護婦の方がおどろいたと後で言っていたが、私にはさっぱり記憶がなかった。

心の奥底に、それを予知した様な緊張感を持って眠っていたとしか私には考えられなかったのだ。

私は起き上がるとすぐに、「子供が悪いのだろう」と言って、重症病棟へ駆けて行ったらしいが、その途中からの動作には私の記憶はあった。

重症病棟の前の通路には、足の踏み場もない様に、人々が寝ころんで居た。

私はその間をかきわけて、病室に入って行った。

私の気配に驚いて立ち上がり、挨拶をする人もあれば、そのまま眠り続けている人もあった。

幼児は苦しそうに、あえいでいた。

看護婦達も、もしや、痰でも誤飲させて窒息死させたらと、私を呼んだのであった。

頭部外傷のあとはどうしても、痰が多くなる。

私も口腔内の痰の吸引をしてみたが、肺の中の痰まではとれそうにもなかった。

看護婦に用意させ、私は気管内にチューブを挿入した。

幼児は喉頭反射をおこし、激しく咳込んだ。小さな管を通して泡沫状の痰がふき出てきた。

細いラネトンを気管チューブに入れて吸引すると、子供のパッキングはおさまり静かな呼吸に戻った。

雨は小降りながらまだ続いているようで、街灯に鈍く光っている側溝からは溢れた水が黒々と渦巻き、道路を川の様に流れていた。

ふり返ると、カーテンのおりた廊下よりの窓の間隙から、二、三人の顔が心配そうに中をのぞいていた。

その中の老婆の眼と私の眼が合った。

皺ばかりの中から、小さな眼が異様に光り、祈る様な眼差しで私をみつめていた。

私はその眼に圧倒されて、顔をそむけると、申し訳けみたいに聴診器を出して幼児の胸にあて、二、三回うなずいてみせて、病室の隣りにある看護婦詰所へはいって行った。

看護婦が、「コーヒーを入れましょうか」と聞いたが、「お茶にして呉れ」と言って、長椅子に疲れた体を横たえた。

この病院の事には生字引みたいなベテランの看護婦が、「先生、Eさんという患者を覚えていますか」と私に聞いた。

Eという姓はこの地方には多いので、「どんな患者だったかね」と聞き返した。

「三年前に、中耳炎から敗血症を起し、その為に妊娠八ケ月の胎児を帝王切開でとり出した事があったでしょう。男の子はあの人の子供ですよ」「おい一寸待て、あの時の胎児は死んだじゃないか」と聞きかえした。

「え丶、胎児も母体も死んだんですけど、あの時、まだ乳飲み子で、死んだお母さんの乳をほしがって泣いていた子がいたでしょう。あの子ですよ」

私はウーンと唸りたい気持ちだった。

「それに先生、今日が丁度、母親の三年目の命日なんですよ。偶然というにはあまりに出来すぎているじゃありませんか」

そう言われ丶ば、母体だけは助けようと帝王切開で中絶したが、その甲斐もなく母親が死んでいったのも、雨のしとしとと降る晩であった。死後の処置が終り遺体を送り出す私達はどうしようもない憂うつで暗たんとした気持ちであったことを想い出した。

「君は誰から聞いたんだい」

「先程から老婆がひとしきり、ここで泣いて話ました」

「そうだったか。僕はあの老婆を見た時、何処かで見た記憶があったと思っていた。あの時は老婆が看病につきっきりで、胎児をおろすと言った時には最後まで泣いて反対したね」

「え丶、私達看護婦もあの時ぐらい暗い悲しい気持に襲われた事はなかったですね。看護婦という職業をあれくらいうらめしく思ったことはありませんでした」

「そうそう、あの時は見習い看護婦のF君が、胎児が可哀想だといってわんわん泣いてね、なだめるのに苦労したなあ……。」

私も看護婦も話し込みながら何時の間にか立ち上がり、雨にけむる暗く沈んだ深夜の街並を眺めていた。


あれは三年前の、私がこの病院に就職して間もなくの頃で、やっと病院にも慣れ、この地方の人々にもなじんできた頃であった。

六月の初旬頃から農家では苗代を作り、梅雨が降り始めれば、何時でも田植が出来る様に準備をと丶のえて待った居り、あの女性の入院が遅れたのも、雨がなかかなか降らなかったという事情があった。

その為ついついのびて、入院して来た時は一寸手のつけ様がない程の重症の状態であった。

せん妄といった状態で、こちらの問かけにはかなり正確に応答はしても、絶えず譫言（うわごと）をくり返して、大小便も失禁するためオムツをあてていた。

あの時の私に最も強烈な印象をあたえたのは、その女性が妊娠八ケ月の大きなお腹をしていた事であった。

夕方になると四十度近い高熱を発し、その度にもだえ苦しむ時には、おなかの大きさが一層目立ち、そこだけが別の生物のようにうねる様は見るに耐えなかった。

看病に付いて来ている老婆によると妊娠七ケ月頃に女性は中耳炎に罹り、医者通いをしていたが、一年にもみたぬ乳飲み児と農作業をかかえていて充分な治療ができなかったらしい。

十日程前から急に高熱を出し初め頭痛が襲い床に臥すようになった。この二、三日は譫言を言い出し、左半身も徐々に麻痺してきた。

近所の医師の診断では脳膿瘍で、もう絶望だろうと言われて担送されてきた。

強力な化学療法が開始されたが、効果はあがらなかった。

あの頃はまだ新病棟が出来る前で、木造のかなり老朽したものであったので、看護婦詰所の隣りの病室にはいっている患者一家の会話が、ベニヤ板の壁越しに手にとるように聞こえた。

女性の夫はほとんど顔を見せることはなかったが、時々来ては八ケ月にもなった胎児の中絶を迫っていた。

患者との接触の機会の多い看護婦は、私より一層多くの情報を知っていた。

女性は先の子を生んで、すぐに又次の子を身ごもったのであったが、主人は外に親しい女性をつくっていて、奥さんをないがしろにしているらしかった。

その為に、主人はほとんど家に寄りつかず、もっぱら他につくった女性の家にいりびたっていた。

奥さんはそれを悩んでいたらしかったが、農作業も育児も一人でせねばならず、大変な重労働のところに発病したのだった。

夫の母であり、女性にとっては姑である老婆は、終始嫁の味方をして、主人に抗弁していた。

妻は意識の半ば混濁したなかから、子供は生むと頑固に主張し、それを老婆も支援していた。

「お前みたいな体で、子供を生んで一体どうするんだ。上の子はまだ乳飲み児で手をとるのに、たとえ生んでも俺は責任をもたないぞ」

ベニヤの壁越しに、主人の声が響いてきた。

主人のつめたい言葉に、熱にうかされてしどろもどろな言葉で必死に反抗する妻の声がきこえた。

「身ごもった妻がいながら、他に女をつくって、ろくに家に寄りつきもしないで、それが腹の中にいる子の親のいう言葉か！」

老婆は我慢しきれなくなって主人を激しく罵(ののし)った。

壁越しだけに、さだかに会話の内容がつたわらず、そのために一層無気味に聞こえて、私には何処かこの世ならぬ地の底から響いてくるような声に聞こえた。

激しいやりとりの後には決って、乳飲み児が火がついたように泣き出した。すると主人はいたたまれなくなってか、雨の中へ飛び出して行った。

看護婦にも人生の無慚な舞台裏をのぞき見るようで暗たんな気持ちにさせ、特に主人の来て居る時には病室に行くのをいやがったりする者もいた。

深夜勤務の看護婦はうなされる女性の声におびえて、私を起こしにきたりした。

はっきりしない頭ながら、乳飲み児や老婆、主人の名をくりかえし呼んだり、

「ばあちゃん、しっこ!」とか「ばあちゃん、うどんが食べたい」と言った言葉がなんの関連もなく次々に発せられ、深夜の病棟に反響するのは看護婦ならずとも気持ちのよいものではなかった。

老婆は曲った腰に乳飲み児をしばりつける様に背負い、溜息をつきながら便器の交換をしたり、うどんを運んでやったりしていた。

うどんがよほど好物であるらしく、意識は混濁していても、うどんだけはほしがった。

主人は深夜酒のにおいをさせながらやって来てはその勢をかりて、中絶を迫った。

壁越しに聞くと、それは二人を虐待している様に聞こえ、看護婦の怒りと涙をさそった。

母体は危篤の状態が続いていながら、胎児はそれに頓着なくますます成長しているようであった。

主人は一日も早く中絶せねばとあせっていたが、妻と老婆はなかなか承諾しなかった。業をにやした主人は、院長と私に相談にきた。

主人の言うことには、女房は危篤の状態に瀕しており、このまま妊娠状態を続ければ、母体の方が危い。一才に満たない乳飲み児をかかえ、この上子供が生まれて来ても、万一女房に死なれたら、とても自分一人で二人の子供の面倒はみきれない。

中絶する事によって女房の体が少しでも楽になれば、自分は中絶をしてもらいたい。今私が女房にしてやれる事はそれしかない。

女房は、あんな状態ではとても、正常な判断は出来ない。私としては母体を守ることを第一に考え、人工妊娠中絶をお願いしたいと言うのであった。

主人の言うのは確に理に合い、このままいけば母子共に命を失うことは火を見るよりあきらかなことであった。

どちらかを犠牲にしなければ、どちらも危険な場合は、今この世に現に生を持っている方を助けるのが常識であった。

それでもこの場合は、たとえ妊娠中絶を行ったとしても、母体はおそらくもつまいと思われ、むしろ今なら胎児の方が、育つ可能性はあった。

しかし、父親に生まれてくる児を育てる意志が全くなければ、どう仕様もないことであった。

一人の人間を育てあげることの難しさは、私も痛感していた。

主人の言う事に理屈はあったが、胎児に対するあまりに執着と愛惜のなさと妻への思いやりのなさに、人間としての反発を感じざるを得なかった。

院長はまだ若い主人をたしなめる様に、「奥さんとよく話し合いなさい。私が明日産婦人科の医師と相談してみましょう」と答えた。

主人はその夜遅くまで必死に、老婆と妻を説得し続けていた。

陰湿と悲痛さが入りまじった会話に、看護婦達は聞くに耐えなかった。

主人は中絶しろの一点張りであった。意識のぼんやりした妻は、それでもなかなか承諾しなかった。

「あなたは私の死ぬのを見越して、胎内の子もおろさせ、女と一緒になろうと思っているのでしょう」

「馬鹿なことを言うな、俺はお前の体を心配しているのだ」

「あなたは私がこんな体になってから、一言でもいたわりや、やさしい言葉をかけて呉れましたか。私は自分が駄目になってよいから生みたいのです。あなたが責任を持って育てて下さい」

「ねえ、よく考えてみろ、まだ誕生日もこない子供がいるのに、お前の体の状態で生んだら、誰が一体面倒を見るのだ。責任の持てない子供を生んでどうするのだ」と主人は最後は哀願するように言った。

「お前の言うのはよう理屈にあっとる。しかし、責任が持てぬ、持てぬの一点張りじゃ。お前がその気になれば、何でも出来るはずじゃ」と老婆が嫁の気持ちを考えながら反発した。

「ばあちゃんの言う事はようわかる。それでん、よう現実を見てみない。今一人を育てるのにも苦労しとるじゃないな。とにかく早ようおろさんとこれの命は危いとよ」

主人の声はもう必死で、なんとしても自分の意志を通そうと悲愴な声になっていた。

主人の根負けしたと言うより、疲れはてた妻と老婆はすすり泣いていた。

「なあ、おい、好きなうどんでも食べんか。お前は心からうどんが好きだもんな。俺が今からとってきてやるからな」主人が機嫌をとる様にやさしい言葉を妻にかけた。

「お前は調子のいいことを言って」

とばあさんが溜息をつきながら言った。

主人は居たたまれなくなって、すごすごと出ていった。

翌日の午前中に産婦人科の医師が患者を診に来て、一瞥するなり中絶を決めた。

その時には女性はほとんど意識をなくしていた。

看護婦達の中には、決定を聞いて泣きだす者もいた。

外はうっとうしい雨が降り続き、午前中だというのに、日暮れの様に暗く、看護婦詰所や廊下には灯がつけられていた。

室内の空気は重く、よどんでいて、皆の気持を一層めいらせていた。

手術は夕方に行われる事になった。

看護婦達はなんとか胎児を救う道はないかと真剣に話し合っていた。

看護婦寮で皆んなで育てたらどうかと考える者や、里子に出したらどうかとか、私に育てさせて下さいと言い出す看護婦もいた。

「あなた達はそんな事を言っているが、自分の子供一人育てるのにも大変なのに、とても他人の子を育てられるものですか。先生が決めた事です。医学的にそうした方がよいから決定したのですよ。なにも考えずに仕事をしなさい」と婦長が若い看護婦達を叱った。

「だって婦長さん、可哀相じゃないですか。婦長さんは割と冷たいのですね」

と若い看護婦が婦長をにらみつけて言った。

「どうしようと言うのです。よく考えてごらん。先生がおっしゃった様に、胎児にもばい菌が廻っている可能性もあるのですよ。万一片輪でも生まれたらどうするのです」

婦長の激しい口調に看護婦達は黙った。

「先生、どんなにして殺すのですか」

と若い看護婦がその場のまずい雰囲気をやわらげる様に、わざと明るい声で私に聞いた。

「殺すという言葉は、一寸物騒でいけないよ」と私が一寸おどけた口調で注意すると、その看護婦はアッと驚いて、おもわず口に手を持っていったので皆が笑いだした。

私もインターン時代に一、二度中絶の場を見た事があるだけで、どんな手段を選ぶかわからなかったし、看護婦達を刺戟する様な事はさけて曖昧な答でぼかした。

それがどんな方法にしろ残酷である事にはかわりなかった。

「医者だって辛いのだよ」と私はつけ加えて、席を立って隅の方へ行った。

ベテランの看護婦が思い出して、もう二十数年も前の話を若い看護婦達にした。

村で進駐軍に犯された娘が、恥かしさのあまり、村を逃げ出した。

他所で堕胎するはずであったが、どうしてもそれが出来ず、臨月になり村にまい戻り秘かに出産して、赤子は内密に処理する予定であった。

赤子は木箱にいれられ、納屋に放置された。ところが夜中に赤子の泣声が聞えてきた。

誰もこわくて近寄れず、産婆を呼びにやった。これまでこんな失敗をしたことがない産婆も気持悪がったが、意を決して水を含ませた大きな脱脂綿を赤子の口の上に置くとそそくさと帰っていった。

夜が明けると納屋から赤子の元気な泣声が再び聞えてきた。赤子の生命力の強さに娘の両親は、不憫に思い育てることにした。

あのまま育っておれば、あなた達と同じ年頃のはずだが、思春期になったその混血の女の子は、自分の出生の秘密を知り、崖から投身自殺をしたと聞いたと、ベテラン看護婦は話を終った。

聞いていた若い看護婦達は今迄の元気も忘れ去り黙ってしまった。聞くともなしに聞いていた私の背筋にも冷たいものが走り、降り続いていた雨の音が急に私の鼓膜を打ち始めた。

夕方、手術が始まる時、看護婦達は手術場に入るのをこわがった。

それでも、いよいよ始まろうとすると興味と、恐いもの見たさで、手術場は看護婦で一杯になった。

女性はほとんど意識はなくしていたが、軽い静脈麻酔で深い眠りに陥った。

産婦人科が腹にメスを入れると、血がバッと飛びちった。

医師は止血より先に、飛び出してきた子宮にすばやく切開を加え、胎児をとり出した。

それは下水からあげられたばかりの汚れた一個の物体の様に見えた。

医師は臍帯を切ると後にひかえた助産婦にすばやく手渡した。

助産婦はバスタオルで搗きたての餅でも受けとる様に両腕に抱くと走る様に手術場に附属している器械室へ運んで行った。その時、私の耳に産声が聞こえたようにも思えたが、一瞬の出来事であり、私にはそれは現実でない夢の世界の出来事の様にも思えた。看護婦も、目の前の出来事を茫然と眺めているだけであった。

中の一人が、貧血でも起したのか、冷たい手術場のタイルの上にあおむけに倒れて、激しい息づかいをした。

胎児がどう処理されたか、私は聞こうともしなかった。その夜当直の時に、夜間学校に通っているF看護婦が、胎児が可哀想だと泣き続けて困った事を今でも憶えている。

それから数日間大きないびきをかき続けながら、女性は死んでいった。

私は朝方に少し寝入ったらしい。

短い睡眠の中で、三年前の事件と関係のある夢を見ていたらしかった。

それは、老婆と主人のあの悲惨な会話であったが、一刻も早く夢から脱出せねばと、私はしきりにもがいていた。

重く疲れた体は、ベッドに吸いつけられた様で、手足をいくらもがいても意のままにならなかった。

夢の中の会話がとだえて、窓越しにかすかな雨音が聞こえてきた。

やっぱり夢であったかと、重い体を起した。

まだ夜は明けてはいなかった、というより雨のための暗い朝であった。頭の芯にあの時の胎児を内臓している様で重い気持ちで起き上がろうとした時、

「お前は三年間も家に寄りつかず、今頃のこのこと出て来て、父親づらして！」

と老婆のしわがれた声が廊下から聞こえた。

「ばあちゃん、俺はあの子の、何といっても父親じゃ」「生ませただけで放ったら

かして置いて、なにが父親じゃ。今頃父親づらして現れたらあの子も迷惑じゃろ。あの子はお前の顔もよう憶えておらん。この世の中に父親なぞあるとも知りゃせん。いい迷惑じゃ、すぐ帰って呉れ」

老婆と父親の会話が夢の続きの様に頭の中で軽い眩暈をともなって渦巻いた。いや、あれは夢ではなく、私の疲労困憊した浅い眠りの中で、実際の会話を夢と錯覚したのかもしれない。

「ばあちゃん、俺は事故を聞いて、取る物も取りあえず駆けつけたんじゃ」

「お前はもう加害者を捕まえて、賠償の示談をしたというじゃないか。それはどういう事じゃ。まだあの子の命がどうなるかもわかっていないのに、先生や看護婦さん達があれだけ一生懸命手をつくしてくれているのに。今は、あの子の命をなんとか助けねばならぬと言うのに。私は何としてもあの子を助けるのじゃ」

朝方に駆けつけた父親を老婆が烈しくなじっていた。

「ばあちゃん、それは違う。誤解じゃ。もしあの子が片輪になったり、もし万一の事があった場合の婆ちゃんの事も考えて加害者に釘をさしただけじゃ。相手はピヨピヨのひよ子みたいな若い男じゃ。強いことを言っておかんと逃げてしまうんじゃ」

「万一の事があっても、お前の手は借りゃせん。お前の言うことは三年前も理屈にゃ合っていた。しかし、少しも情がないじゃないか」

私は陰湿な会話に耐えかねて、わざとドアを内側からノックして廊下に出た。

仮眠室の隣りが重症患者を収容する病室になって居り、その前の通路は救急患者のはいる度に、家族がおしかけ、にぎやかになるので、私達は銀座通りと呼んでいた。

夜明けの銀座通りは雑居部屋か、駅の待合室に似ていた。

見舞いに来た人々が疲れはてゝ足の踏み場もない程、所かまわず、長々と眠っていた。

窓際で老婆と主人が対峙している姿が夜明けの薄明りの中でシルエットになって私の眼にはいった。

老婆の背は三年前より一層屈曲の角度を増していた。

私は二人にかまわず、通路に長々とねている人々の間を、踏まないように気をつけて進んだ。

人々のすえた様な臭いが通路にたちこめていた。梅雨時期のよどんだ重い空気のせいもあったが、私自身の汗に汚れた臭いのせいかも知れないと思った程強烈なものであった。

詰所で看護婦が、鏡に向ってしきりに化粧をなおしていた。女性の化粧中には入ってはいけない礼儀は知っていても、職務上やむを得ずはいっていった。

窓外は黎明のかすかな紫色であったが、看護婦詰所の中は人工的な光線に充されて、異様な明るさであった。

看護婦は、眉ずみや、化粧を落して、新しく化粧をしなおしていた。

眉ずみや化粧を落した顔は別人の様に見えたが、それはそれで働く女性の魅力だと思った。

昨日夕方の五時まで働き、帰って夕食の仕度をし、主人や子供の世話をして、二、三時間の仮眠をとり、深夜の十二時から朝の八時まで働くのは大変なことであった。

朝帰っても、炊事、洗濯とする事は沢山あり、大の字になって寝れることもないのだ。

「患者の容態はどうだね」と看護婦の背中に向ってたずねた。

「あれから痰も少なくなり、まああの状態ですが、父親が容態をしつこく聞きにきて困りました」

私は先程の会話の内容を知っているために、いやな感情を持ったが看護婦には黙っていた。

朝がくると久しぶりに雨はあがったが、黒い雲は空をおゝい続けていた。

事故を知った被害者や加害者の家族が続々とつめかけてきた。

患者の治療上支障をきたしますのでと、看護婦が言ってもその時だけですぐに人が又集まって来た。

患者は静かな環境で治療するのが理想であっても、田舎では理想ばかり言っていられなかった。

病院は人生の悲喜こもごもの渦巻く舞台裏でもあった。

家族や知り合いが病に倒れゝば何をさしおいても駆けつけるのが田舎の風習というか、しきたりであった。

昼になると通路にござをしいて、近所の人々が炊きだしたおにぎりを、まるで花見の様に食べるのであった。

そこは一種の社交場であった。

昼休みの看護婦達の話題は昨日の事故の事でもちきりであった。

三年前にあの子の母親が死んだのが、奇しくも昨日であったことが、一層皆んなの興味をひきつけていた。

当時の看護婦も大半はやめていて、数少ないあの時の事を知っている者は、何度も同じ話しをしなければならなかった。

夕方から又雨が降り出した。

田植時期に雨が必要なことはわかっていても、こう降り続ければ、今夜あたり、危険水位突破のサイレンがなるかもしれなかった。

遠くの大学から当直で来る予定の医師は、道路の決壊でこれなくなり、私がまた今夜も当直をする事になった。

急に私の体に疲労がどっとおしよせて来た。今夜はゆっくり出来ると、細胞の一つ一つが思い込んでいたところだけに、余計疲労を感じ、体内の潤滑油が切れるのがわかる様な気持ちであった。

夜十時に看護婦に起された。

当直室のドアを開けると、通路に寝ころんで居た人々が、ゴキブリの様にごそごそと移動して通路をあけた。

子供は間断なく痙攣をおこして、その為に呼吸状態が悪化してチアノーゼをおこしていた。

鎮痙剤の注射をすると、呼吸はよくなり、チアノーゼがさっと引いていった。

意識は依然としてでていなかったが、その表情は可愛いかった。

「先生、大丈夫でしょうか」と看護婦が聞いた。

私は答えなかった。

「あの子の父親と言ったら、昼間からずっと通路で大の字になって寝てばかりいるのですよ。少しは心配して起きていたらいいのに」

「彼も疲れているんだよ。いいじゃないか」

「だって先生は、一睡もしてない様にして、頑張っているのに。それに父親といったら、あの子の死んだ場合を考えて、賠償のことを事務長に相談していたとの事ですよ。こっちは一生懸命、助けようとしているのに」

新入りの看護婦は、まだ汚れのない素朴な感受性から我慢出来ないらしい。

「先生、あの子の死んだ母親が、あの子を不憫に思ってあの世へ呼び寄せていると噂していますが、本当でしょうか」

思考が一瞬のうちに急回転する若い看護婦に私は苦笑した。

「そんな事があるものか」

私は一笑にふしたが、心の中に深く突き刺すものがないではなかった。

看護婦の入れて呉れた、コーヒーを飲もうとして、私はふと手を止めた。これを飲めば、ますます睡れなくなると気付いたからだ。

窓外に見る街並は、かすかな街灯の中に家々の屋根が暗い輪郭だけで浮きあがり、それは学生時代に見た映画の一シーンのように、浜辺におし寄せてくる無数の亀群の甲羅の様にうごめいて見えた。

春の水

春の水は薄紫色に煌めきながら流れていた。

雄吉は隆ちゃんの小さな手を引いて、もう小一時間も、菫の花を求めて小川の土手道を歩き続けていた。

隆ちゃんは幼く、都会育ちのせいで足も弱かったが、泣きもせずに、雄吉の手を必死に握りしめてついて来た。

雄吉の手は隆ちゃんに強く握りしめられて痛い程であった。

隆ちゃんの手は小さく、白かったが、汗ばんでするするなる程濡れていた。

雄吉は土手道の上から小川の岸を眺め、菫の群生する場所を探し求めた。小川の岸辺には大抵の所に菫の可憐で、つつましやかな花が見られたが、雄吉が探し求めている場所とは違っていた。

雄吉は隆ちゃんのことを考えて、大概の所で妥協して、岸辺に降りようかと立ち止まったが、心の中で、昨春父に一度連れて行って貰ったことのある菫の群生した場所の美しさが忘れられず、とにかくあの場所を探し出すのだと歩を進めた。

雄吉は立ち止まっては、土手から平野の中を流れる小川を見つめて、曖昧な去春の記憶を探ろうとする度に、隆ちゃんは黙って雄吉の顔を見あげた。隆ちゃんのあどけなく可愛い、そして幼いにしては愁いを含んだ瞳に春の午後のやわらかい陽射が、ちかちかと輝いた。

隆ちゃんの目には疲労と不安が見えたが、黙って雄吉のするように川上の方を眺めた。

去年の春、雄吉と父は野菜を荷馬車に積んで隣町まで運んだ。

雄吉には、初めて見る賑やかな町であった。お祭の時でしか、こんな多勢の人通りを雄吉は見たことがなく、きれいな店舗もたくさん並んでいた。父は大きな八百屋で荷をおろすと、奥に入って行った。雄吉は馬車の荷台の上でぽつんと父を待っていた。馬が時々、退屈そうに尻尾を振り上げて嘶いた。道往く人が、ひとり荷台に乗っている雄吉を怪訝な顔で見て行った。馬車など町ではなかなか見られないものであった。

まもなく、父が酒の振舞いを受けたらしく、少し顔を赤らめて、店の主人と出て来た。主人は私を見つけると、こんな寒い所に一人放っておかれて可哀相にと言って財布から小銭を出して私に呉れた。雄吉は小銭を貰って初めて、自分が春とはいえまだ肌寒い中に、一人で貧相な恰好で待たされていたのがわかった。

馬車が本屋の前を通る時、雄吉は本を買ってくれるように父にねだったが、父は雄吉の方を振り向こうともせず馬車を進めた。

町はずれの小さな飲屋まで来ると、父は馬車を止めて、中に入って行った。ここでも雄吉は長いこと待たされた。もう春の陽が弱くなり、風が冷たく感じられ始める頃、父は酌婦らしい派手な身なりをした女と出て来た。父はここでも一杯ひっかけたらしかった。

女は私を見つけて一寸驚いた風であったが、父の腕をとり、わざわざ支払いに来なくともよかったのにと気の毒そうに言った。

父は黙って馬車を動かした。少し酔の回った父の息遣いは荒々しく、吐息が白く見えた。

雄吉は心の中で、飲屋に借金を払うぐらいなら、本を買って呉れてもよさそうだと思うと、なにか無性に腹立たしく、悲しい気持になった。

平野の中の小さな集落で父はまた馬車を止め、表は小さな雑貨屋になっているが奥行の長い白い土壁の家へ入って行き、今度は大きなかますに入った肥料を抱えてきて馬車に積んだ。

そして雄吉に、先程八百屋の主人に貰った小銭を出すように言った。雄吉は父の態度に失望し、怒りさえ感じていたので、やけっぱちになって投げ出すように父に渡した。雄吉の手汗で濡れた小銭を、父は首にかけたタオルでぬぐいながら店に入って行き、新聞紙に無造作に包んだ塩鯖を一匹さげてきて雄吉に手渡した。

馬車は平野の中のまっすぐな道を進んだ。雄吉には夕風が冷たく、塩鯖を抱いて震えていた。

陽は遠い山の端にもう少しでかかるところまできて、弱々しい夕陽が見渡す限りの平野の麦畑を浮きあがらせ、蛇行する春の小川を紫色に染めていた。

父は私の方を振り向かないで、お前寒くないかと雄吉に話しかけた。雄吉はわざと返事しなかった。父は首に巻いたタオルをはずして、これを首に巻いておけ、と言って雄吉の方に投げた。雄吉は投げられたタオルを巻く気にもなれず、膝の上にそのままにしておいた。

土手から右下にこんもりとした森が見え、森の中を小川が貫通し、その川下では川幅が広くなり、流れが途絶えて淵のようになっているところまで来ると、父は馬車を止めた。

父は一人でゆるやかな勾配の土手を降りて行った。

しばらくして、森から川が抜け出す木立のもとから、雄吉降りて来い、と言う父の声がした。

雄吉はしぶしぶ馬車を降りて、土手を下った。

森の入口まで来ると父が雄吉の後に回り、手で雄吉の目を隠した。

雄吉は父の仕種(しぐさ)に驚いて、父の手を払いのけようとしたが、父は頑丈にして、雄吉をそのまま後から押して行って、ぱっと手をはずした。

小川の岸辺一面に群生する菫が雄吉の目に飛び込んできた。

土手の上から見ると小川の両岸を覆った小さな森にしか見えなかったが、降りて見ると小川の木立の間には広々とした草地が広がり、そこには目を覆うばかりの菫が密集し、あたりを濃紫色に染め、傍を小川がせせらぎをつくって流れていた。

雄吉は別世界に来たような気分になり、眩暈をおぼえた。

『どうだ、雄吉きれいだろう。お父さんがお前ぐらいの年頃にここを見つけたのだ。悲しい時も、嬉しい時もお父さんはここに来て一人で遊んだものだ。ここはお父さんの宝なんだよ』と父は背後から雄吉に言った。

雄吉は日頃になく優しい父の声を聞いて、どんな顔で言っているのか振り向きたくなったが、そうするのがなにか父に可哀相で、そのままやわらかな感触の菫の密生する草地を父に涙を見せまいと、上流の方へ泣きながら走って行った。


雄吉は父に教えられたあの美しい菫野に辿り着く自信がなくなっていた。川に沿って行けば、きっとこんもりした森に辿り着くと安易に考えていたが、実際には小川のほとりに小さな森は幾つもあった。

雄吉は午後のひととき、母が一寸裏の畑に仕事に出た隙に、前々から考えていた菫野を訪れることを、春霞に包まれた遠い山脈を見たときに発作的に実行に移したのであった。

隆ちゃん母子が、雄吉の前に初めて姿を見せたのは、平野を囲む山々が白く雪化粧され、黒く禿ただれたような平野には、北風が渦を巻いて吹きすさんでいた冬の最中であった。

隆ちゃんはまだ三才になったばかりであった。

雄吉は最初隆ちゃんを見たとき女の子かと思った程、髪を長くたらした顔はお母さんに似て色が白く、きれいな優しい眼をしていた。

隆ちゃん母子は、お父さんが病気をしてこの近くの高原の療養所に入院したために、お父さんの実家である雄吉の家の近くに引っ越して来たのだった。

隆ちゃんの家は、雄吉の家と谷川をはさんだ小高い丘の中腹にあった。

「お母様そっくりで、本当に可愛いこと！」と雄吉の母がひびのはいった太い手で隆ちゃんの頭をなでた。隆ちゃんは厭な顔もせずに無邪気に笑った。

雄吉は自分と隆ちゃんを比較されているような恥ずかしさを感じて、母の背に隠れた。

「隆は一人ぼっちで体も弱いの。雄吉ちゃん、うんと隆と遊んであげてね」と隆ちゃんのお母さんが雄吉の方を見て言った。

雄吉は隆ちゃんのお母さんに見つめられて身震いするような興奮をおぼえた。

隆ちゃん達が帰ったあと、母が私を縁側に連れて行って、斑雪の残る平野のはてを屏風のように取り巻く山々の一隅を差して、

「隆ちゃんのお父さんの入院している療養所はあの山の上にあるのですよ」と教えてくれた。

母の指す遠い山々はまだ雪に覆われ、そこらあたりは吹雪いているらしく、時々

山の稜線が消えたり現われたりした。

雄吉は雪に覆われて、その病院の存在もはっきりしない遠い冬山を眺めているととても悲しい気持になっていった。

その夜雄吉は、美しい隆ちゃん母子と、遠いところで入院生活を送っている隆ちゃんのお父さんのことが脳裡にちらつき何時までも寝つかれなかった。

木枯らしの日や、みぞれの日が平野を隠し続ける寒い日が続いたが、その合間には春の息遣いがひしひしと感じられる気持の良い日もあるようになった。

そんな日には決まって隆ちゃん母子が、私の家を訪れた。

天気の良い日は、私は学校が終ると、それまでのように道草をくわずに一目散に家に駆けた。

隆ちゃん母子がそんな日に来ていなかったら、雄吉はがっかりして母にむやみに当り散らし、それから庭に降りて、谷川の向こうの丘にある隆ちゃんの白い家を見詰めて、何時までもたたずみ続けた。

最初のうちは、隆ちゃん母子が来ても、恥しさのために雄吉は挨拶も出来ずにただそわそわしていたが、段々慣れてくると、隆ちゃんと庭に降り、納屋に牛や馬を見に行ったりするようになった。

隆ちゃんは見るものが何もかも珍しいらしく、新鮮な興味を示した。

雄吉はそれまでは、学校から帰っても開きもしなかった教科書を出し、隆ちゃん達の前で大声で読んで聞かせたりもした。

隆ちゃんのお母さんは、そんな雄吉を「隆にも兄さんができて本当によかったね」と言って喜び、雄吉に感謝してくれた。

雄吉は隆ちゃんの体を強くしてあげようと、暖かい日などは野原に連れ出し、隆ちゃんと駆けっこをしたり相撲をとったりした。

最初は恐がっていた隆ちゃんも段々慣れて、雄吉の手荒い動作にもついてこれるようになった。

二月の中旬頃、急に隆ちゃん母子が姿を見せないようになった。

雄吉はあまり、隆ちゃん母子のことを母に聞くのも恥ずかしく黙って我慢していたが、淋しさに耐えきれず母に尋ねた。

母は隆ちゃん母子は病院にお父さんを見舞に行っているのだと教えた。

雄吉は毎日、病院のあるという平野の向こうの山脈のかすかな一角を眺めて暮した。雄吉は隆ちゃん母子に逢いたくて、胸の奥底から湧きあがってくる、今迄感じたことのなかった切ない感情のために、涙を流した。

四、五日たって雄吉が学校から帰ると、母が隆ちゃん母子が帰って来たことを教えてくれた。

雄吉はカバンを投げ出すと、山を下り、谷を渡って一目散に隆ちゃんの家に走った。

霜解けした野道はすべり、雄吉は何度も転んだ。谷川ではズボンも濡らした。雄吉はかまわず、早く逢いたさに丘を駆け上がって行った。

柾の生け垣から、飛石を渡り玄関の前に立つと、荒い息遣いをしながら屋敷内に向かって雄吉は大声で「おばちゃん」と呼びかけたが返答がなかった。雄吉は玄関の戸に手をかけたが動かなかった。

雄吉は広い屋敷内を裏に回った。母屋のはずれの湯殿の格子から湯気がもれていた。

雄吉が格子の下まで来ると、隆ちゃん母子の話声が、お湯を使う音に交って聞えて来た。声をかけきれずに雄吉は暫らくたたずんでいたが、二人の声を聞くと無性に顔を見たい衝動にかられて、大声で「おばちゃん！　隆ちゃん」と叫んだ。湯音に何度か雄吉の声が消されたが、雄吉に気付いて、

「まあ、雄吉ちゃんね」と言うおばちゃんの驚いた声が返ってきた。

「待っててね、今戸をあけるからね」おばちゃんが急いで湯舟からあがって来て鍵をあけてくれた。

湯殿から湯気が流れ出て来た。格子戸から湯殿に早春の午後のやわらかい陽射が縞になって流れ込んでいて、そこにおばちゃんの白い裸体がまぶしい程に光って立っていた。雄吉は思わず眼をつぶった。

おばちゃんは雄吉の手をとると湯殿に引っ張り込んだ。

「まあ、冷たい手をして！　まあ、泥んこになって寒かったでしょう。ごめんね」と雄吉を抱き込むようにして言った。

雄吉はものも言えず、隆ちゃん母子に逢いたさの一念で走り続けて来た自分を何となくみすぼらしく感じた。

「雄吉ちゃん、あなたもお風呂に入りなさい。とっても温まりますよ」とおばちゃんが雄吉の洋服を脱がしてくれた。

隆ちゃんが歓声をあげて喜んだ。

おばちゃんは、雄吉を丁寧に洗ってくれた。雄吉はおばちゃんの白い裸体に抱かれるようにして髪を洗って貰いながら、夢を見ているような気持になった。

それから雄吉は、おばちゃんの洗ってくれた洋服が乾くまで、居間の炬燵に入って、おばちゃんの読んでくれる童話を聞いた。

おばちゃんは長い洗髪を肩から前に垂らして、きれいな声で、動作入りで話してくれた。

それは雄吉が聞いたこともない楽しい話ばかりだった。

その夜、雄吉は黙って出掛けたことを父母に叱られたが、布団に入っても雄吉は眼が冴えて、隆ちゃん達母子と遊んだことが目の前にちらつき、いつまでも寝つかれなかった。

その事があってから雄吉と隆ちゃん母子は一層親しみを増した。

ある早春の晴れた日、隆ちゃん母子と雄吉は弁当を持って春の野に遊びに行くことになった。

母は雄吉のために特別卵焼の入った弁当を作ってくれて、野良仕事に出かけた。

雄吉は、父が山仕事に行く時に持って行くアルミの弁当をあけて見ると、弁当箱の半分に黄色い卵焼と、白い大根漬けが入れてあり、黒い麦飯の真中に一個の梅干が入れてあった。

雄吉は、あまりに御飯が少ししか入っていないのを、隆ちゃん達の前に出すのが恥ずかしかったため、土間に降りておひつをあけて見たが、底の方に御飯は少し残っているだけだった。

雄吉は悲しい気持になり、それからはっと思いついて、神棚と仏壇と、土間の荒神様に供えてある御飯をおろして来て、弁当箱に詰込んだ。空気にさらされて表面が硬くなった御飯を箸で砕いて均等にすると雄吉は風呂敷に包んで隆ちゃんの家に駆けて行った。

雄吉達は春陽の射す山道を小高い丘の草原を目指して登って行った。陽は暖かく、丘から見る平野や遠い山々が、春霞にぼけて、地上から春の喜びが湧きあがってくるようであった。

草原は風もなく、春陽が降り注ぎ、草の新芽がまだチクチクと痛かった。

「まあ、美しい眺めだこと!」とおばちゃんが見渡す春の草原に感嘆の声をあげた。

雄吉はおばちゃんの喜ぶ顔が嬉しく、野原をはしゃいで駆け回って遊んだ。

三人は草原に坐って弁当を広げた。雄吉はアルミの弁当を恥ずかしそうに広げた。隆ちゃんが弁当を覗きこんで、「うわー、おいしそう」と言った。

「どれ、どれ」とおばちゃんも覗きこんで、「まあきれいなこと、こんな弁当を食べたら、隆ちゃんも大きく丈夫になることだろうね」と楽しそうに言った。

雄吉と隆ちゃんは弁当を交換して食べた。雄吉は硬い御飯の交ったのをどんな顔をして食べるか心配して見ていたが、隆ちゃんは無邪気に、珍しいものを食べるかのように本当においしそうに食べた。

隆ちゃんの弁当は、雄吉がこれまで見たこともない美しい色彩の御飯で、サクランボウやバナナが入っていて、雄吉は夢中で食べた。

食後にもおばちゃんが、洋菓子や果物を出してくれた。

それから三人は手をとり合って輪を作り、歌を唄った。

　　春の小川は　さらさら行くよ
　　岸のすみれやれんげの花に
　　姿　優しく　…………
…………

おばちゃんはとても美しい声で唄った。

雄吉は楽しくてならなかった。

雄吉は嬉しさのあまり、飛びはね、高い木に登り、枝から枝へと猿のように伝え渡ったり、高い石の上からわれを忘れて飛び降りたりした。隆ちゃん達はそんな雄吉を手をたたいて喜んだ。すると雄吉は有頂天になり、逆立ちをして歩いて見せたりした。逆立ちをした両腕の間から隆ちゃん母子の白い美しい顔が花のように笑っていた。

春空が、かすかに冷たくかげり始める頃、三人は手をつないで家路についた。

春の小川が、まだ冷たく澄んで、小さな瀬音をたたいていた。

三人は小川の岸に立って春の水を眺めた。おばちゃんが一寸悲しそうな顔をして唄った。

春は名のみの　風の寒さや
谷のうぐいす　歌は思えど
時にあらずと　声もたてず

…………………

雄吉は春の水のように澄んだ歌声を聞いて、去春、父に連れて行かれたあの美しい菫野をふと思い出し、是非隆ちゃん母子を連れて行きたいと思った。あのきれいな菫の群生を見せれば、どんなにおばちゃんが喜ぶだろうと想像すると、雄吉の心は張裂けるように嬉しく、これだけは何としても実行せねばと思った。

春は一日一日、足音をしのばせて近ずいてきた。

隆ちゃん母子と来たるべき春を秘やかに待つ心は、雄吉にとってこの上ない喜びであった。

雄吉は毎夜、春爛漫のあの菫野を隆ちゃん母子と手をつなぎ、歌を唄いながら飛び回る夢を見た。

春はある時は駆け足で、ある時は逡巡しながらやって来る。

三月に入り、平野の麦畑が芽をふき出し、桃の花も咲いて散った。

中旬に春嵐が吹きまくった。

平野や山々が再び雪で粧われた。

すさまじい寒風が吹き荒れ、木々の枝が苦しそうな音をたてた。

急に冷え込んでから隆ちゃんは風邪をひき、肺炎までおこした。

雄吉は毎日見舞に丘を登って行った。

隆ちゃんは喉に芥子の湿布をして、うんうん唸ってきつそうに寝ていた。

高熱のために眼がうるみ、頬はリンゴのように紅くなっていた。
二、三日のちに隆ちゃんの容態が悪化し、雄吉は隆ちゃんの家へ行くのを止められた。隆ちゃんは肺炎が悪化して命が危いとのことであった。雄吉は隆ちゃんのことを心配して御飯が喉を通らなかった。
木枯らしの日が続き、夜など平野を渦巻く吹雪の音が無気味に響き、それが隆ちゃん母子の苦しみに聞えた。

十日程過ぎて、やっと春らしいうららかな日に、母が雄吉にヒヤシンスの花を持たせ、隆ちゃんの家へ行ってらっしゃい、と言った。雄吉は胸が張裂けるような喜びを感じて、ヒアシンスの花を持って丘を駆けて登った。

暖かい日だまりの庭の池の前で、隆ちゃんがお母さんに抱かれていた。雄吉は二人の姿を見ると涙が出てきた。

「おにいちゃん!」と隆ちゃんが雄吉を見つけて両手を上げて喜んだ。

「まあ、雄吉ちゃん! まあ、きれいな花だこと。今隆ちゃんと雄ちゃんのことを話していたのよ。隆が雄ちゃんに逢いたい、逢いたいっていってきかないの」

雄吉はおばちゃんの声を聞くと切なかった気持がこみあげて、思わず大声を出して泣き出した。

春休みになると雄吉は毎日丘へ登って行った。泊ってくる日もあるようになった。

三人は一つの布団にやすんだ。おばちゃんが絵本や偉人の伝記などを読んでくれた。

「雄ちゃんは大きくなったら何になりますか」とおばちゃんが聞いた。

「お医者さんになります」と、雄吉は隆ちゃんが病気になってからずっと考えていたことを言った。

「お医者さん、いいわね。しっかり勉強するのよ」とおばちゃんが雄吉の頭をなでながら言った。

三月の末に、入院中の隆ちゃんのお父さんの具合が悪くなり、おばちゃんは隆ちゃんを母に預けて、急いで出かけた。

隆ちゃんはお母さんと離れても淋しがったり泣いたりしなかった。

夕御飯が済むと、おとなしく雄吉と寝た。

おばちゃんはなかなか帰って来なかった。お父さんの容態がいよいよ悪いらしいと母が教えてくれた。

春の野は日毎に緑を増し、草花も一日一日開いていった。

平野には春霞がたなびき、気が遠くなるようなのどかな日が続いた。

雄吉はおばちゃんが帰って来たら、是非あの菫野に連れて行きたいと思っていたが、おばちゃんは帰って来なかった。

四、五日が過ぎると隆ちゃんもさすがに淋しそうな顔になってきた。雄吉はなんとか隆ちゃんを慰めてあげたいと思っていたが、いろいろの遊びも底をついてきた。

午後、母が野良仕事に出かけると、雄吉は隆ちゃんの手を引いて小川に降りた。春の水は澄みきって春の陽を浴びて紫色に煌めきながら流れていた。そのまわりには菫が紫紅色の花をつけて咲き乱れていた。

雄吉はその時、おばちゃんはまた後の機会にでもして、隆ちゃんだけでもあの菫野を見せてあげようと思いたった。

雄吉は小川に沿った小道を隆ちゃんの手を引いて急いだ。

小川の道から田圃の畦道を抜け、小さな丘を越えて、土手に出た。

土手の道を行けば、きっとあの菫野に出られるはずであった。

土手はほぼ平野の真中にあり、その上からは四方の平野が眺められた。雄吉の家も隆ちゃんの家も小高い丘に隠れてもう見えなくなっていた。

土手の傍を流れる小川には、流れを隠すこんもりした森が幾つも見え、雄吉にはどれもが、あの美しい菫野を隠す森に見えてならなかった。

雄吉は隆ちゃんの顔を時々見るが、隆ちゃんは雄吉に全てを任せて無邪気な笑顔で答え、雄吉の手を握りしめて、離さなかった。

春のまだどこか幼い陽光が中天をよぎり、少し光を弱めたように見えたが、雄吉は日の入りまではまだ充分に時間があるのを知っていた。

雄吉は隆ちゃんを元気づけ、目的地に着くまで気をまぎらわせるために、先日おばちゃんに習った歌を口ずさんだ。

春の小川は　さらさら行くよ
岸のすみれや　れんげの花に
……………………

隆ちゃんも小声で唄った。

土手が少し左に曲がった所まで来ると、森が見え、その先の川が広くなり、そこに陽光が一条の線となって差しているのが見え、今度こそは目指す所に間違いないのがわかった。

「隆ちゃん、もうすぐだよ」と、雄吉が言った。

隆ちゃんが嬉しそうに雄吉を見上げて笑った、雄吉は隆ちゃんの手をとり、小走りに急いだ。

隆ちゃんも必死について来た。

「おにいちゃん、あんよが…」と、隆ちゃんが言った。見ると、足に大きな豆ができ、それがつぶれて少し血が出ていた。

雄吉は路傍からふつを取り、手でこすって傷にすりこんだ。隆ちゃんは痛そうであったが我慢して跛を引きながらついて来た。

雄吉は隆ちゃんを背負って道を急いだ。

雄吉は森を見おろす所まで来ると、はやる心をおさえながら、急な土手の斜面を前のめりになりそうになって降りた。

森の入口まで来ると、雄吉は父が自分にしてくれたように、隆ちゃんを背から降ろし、隆ちゃんの目を手で被った。

「隆ちゃん、さあ見てごらん」としばらく歩いた後目隠しをはずした。

隆ちゃんは暫らくぼんやりと、小川に沿った奥行の深い森を眺めていたが、

「きれい、とてもきれい！」と声を張上げた。

そこには菫野が広がり、まわりには深い紫色をした春の水が小川に満たされ、対岸にはまだ薄緑の幼葉をつけた木々が並び、川面に優しい影を落し、春風が木々をなでるたびにそよぎ、木濡れ陽が小さな玉のように忙しく転がった。

雄吉は隆ちゃんの手を引き、森の中の菫野の奥へゆっくりとはいっていった。

雄吉も隆ちゃんも何時の間にか裸足になっていた。菫の小さなやわらかな感触が快かった。

土堤から見れば小さな森であったが、中に入ると小川に沿った菫野には木々が影を落し、少しS字に曲がった川や、川上の方で川が狭くなり、そこで小さな瀬を作っていたりして、小鳥の鳴き声が遠くや近くで聞えるために、森は凄く奥深く見えた。

二人は暫らく歩いてから岸辺に降り、水に手をつけたりした。

春の水は思っていたより冷たかった。

「隆ちゃん、お母さんにあげる菫の花束と首飾りを作ろう!」と雄吉が言った。

隆ちゃんが嬉しそうにうなずいた。

この薄紫紅色の清潔で可憐な菫で花束や首飾りを作り、おばちゃんにかけてみたら、どんなに似合うだろうと雄吉は思った。

雄吉は無我夢中で菫を摘み始めた。隆ちゃんも雄吉にならって一緒に摘んだ。

雄吉は最初は見える範囲にある菫をがむしゃらに摘んでいたが、菫にも、枯れ始めたものや、大小様々なものがあるのに気付くと、それまで摘んだのを川に捨てて、今度はきれいな菫ばかりを摘み始めた。

雄吉はきれいな菫を求めて、川上の方へどんどん上って行った。雄吉は摘みながら、おばちゃんに早く逢いたい気持で切なくなっていった。菫を首に飾ったおばちゃんの美しい姿が雄吉の目にちらついた。

雄吉が後を振向くと隆ちゃんはずっと遅れていた。声を出して呼ぶと、隆ちゃんが摘んだ菫の小さな束を振上げて雄吉に見せて楽しそうに笑ってみせた。

春の小川は　さらさら行くよ
岸のすみれや　れんげの花に
姿優しく　色美しく

…………………………


雄吉は菫を摘みながら、同じ歌を何度も繰返して唄った。

川が狭くなり、小さな滝を作っている所まで来ると、対岸に素晴しく大きな花の菫の群生のある所を雄吉は見つけた。隆ちゃんが遙か彼方の木陰に見えるのを確認すると、雄吉はこれまでの花束を小川に捨てると、ズボンをまくり浅瀬を渡った。春の水は暖かそうな色合に似ず、まだしびれるように冷たかった。

歌も忘れ、小川や鳥の声、隆ちゃんのことも脳裡を去り、雄吉は夢中に摘み始めた。

雄吉の脳裡には美しい隆ちゃんのお母さんの面影と、それを飾るにふさわしい菫の花々しかなかった。

摘んでは束にし、摘んでは束にした。

どのくらい時間がたっただろうか。雄吉が我に返ると、風が冷たくなり、木洩れ日が降っていた菫野はいつの間にか、薄暗くなり、川瀬の音が冷たく聞え、小鳥の声もなかった。

雄吉はあわてて隆ちゃんを探したが、もう暗くなった森は深閑として、小川の流れも黒く冷たく変り、隆ちゃんの姿はどこにもなかった。

雄吉は、小川を胸までつかって急いで対岸に戻った。隆ちゃんの姿はどこにも見えなかった。隆ちゃんの姿を求めて雄吉は絶叫して暗い菫野を走った。


その頃、雄吉の村では、村人が総出で二人を探していた。

雄吉の父が、村人達から一人はずれて森へやって来て、菫野の中で気絶している雄吉を探し当てた。

隆ちゃんは森のはずれの瀬の中でポケットに一杯菫を入れたまま水死していた。

意識をやっと取戻した雄吉を父は『大事をしでかして、この大馬鹿野郎が！』と頰ぺたを何度も叩いた。

隆ちゃんのお父さんも間もなく死んだ。

まだ、本当に春になりきれぬような、寒さの残った村を隆ちゃんのお母さんは一人去っていった。

雄吉は夜中に毎日のように、あの冷たい春の水の感触に目覚め、大声で泣いた。

近道

晩秋の風が冬風にかわる頃に、自分は確実に死んでいるだろう。

腹部ＣＴの画像を見て、滝村は咄嗟にそう感じた。医師としての知識と勉強と長年の経験からきた、厳然たる確信であった。シャーカステンに掛けられた三枚の画像が、滝村を眩（まぶ）しいような白いしっかりした目で見つめているのを、滝村は感じた。いつもは滝村の方が、病変を見逃すまいと画像を食い入るように見るのに、楕円形を横長に置いたような黒い腹腔の中の上の方に、桃を縦に切って、白い果肉面を二つ並べたように見えるのが肝臓である。肝臓のまわりに胃、腸、膵臓、腎臓、脾臓などが多彩な形をした島々のように並び、その下に背骨がテトラポットの形で腹腔の最下面をがっちりと支えている。

その白い桃の果肉のなかに、ＣＴ像では縮小されているが、実際はピンポン玉、ラムネの玉、パチンコの玉、粟粒（あわつぶ）など大小様ざまの大きさの楕円形が、七、八個散在している。滝村は一番大きな円形影を、メガネをはずして見た。近視なので、新聞を読む時などは、メガネを取るとよく見える。円形影の周辺はや丶暈けている。良性の肝臓嚢腫（のうしゅ）などはシャープである。

肝臓の中の多数の円形影は、他の臓器の癌から移転してきた転移性肝臓癌に間違いない。腰から膝にかけてがくんと折れそうになり、床にころげそうになるのを滝村は机に手をついて懸命に支えた。

遂（つい）に来たるべき時が来た。あと半年の命だと、滝村は思った。

ドアがノックされて、遠慮げに少し開（あ）けられた。

「先生、画像が薄いようであれば、もう少し濃度をあげて現像してみましょうか」

とレントゲン技師が言った。

「いや、いいだろう。丁度いいできだよ。朝早くから、すまなかったね」

滝村はわざと力を込めて、大きな明るい声で応えた。

彼はこの春にレントゲン技師学校を出たばかりだが、画像を見て滝村が癌に侵されているのを察知したことだろう。

滝村は早朝の窓外に眼をやった。

癌とか、死と結び付く診断を知らされると、大概の人が眼前の風景が白く眩しく光って見えると、聞かされたことがある。

滝村は窓ごしに樹々、家々、遠くの山、雲を見回した。

三ヵ月程前から、滝村は右の季肋部に時々鈍痛と不快感を覚えるようになっていた。前には、もっとひどい症状があったことがあり、夜中に痛みで目覚めたこともあった。その時検査をしたが異常がなかった。そのあと自然と症状がとれてきたので、今度も前と同じとあまり気にしていなかった。

ところが、済州島へのゴルフ旅行を二日後にひかえた昨晩、滝村は自分でも理解できない気持ちが起こってきて、今朝早朝に腹部のＣＴ像を撮ってみたのであった。

昨夜遅く思いついてレントゲン技師に電話した。早朝に来てくれるように頼むと、彼は怪訝(けげん)そうな声であったが、承知してくれた。

「済州島から帰ってきてから、検査してもらったら。何も行く前に、突然しなくても……」

電話を聞いていた妻が滝村に言った。

自分でも理解できない不可思議な行動を突かれて、滝村はむっとした。

「いいではないか。僕がしたいと思う時に、するのだから。検査すること自体はよい事ではないか。つべこべ言わないでくれ」

「悪いところが見つかって、行けなくなっても知りませんからね。あんなに楽しみにしていたのだから」

「こんなに元気にしているのだから、悪いものが見つかる筈がないよ。たとえ見つかったとしても、済州島には絶対行くさ」

滝村は妻に抗弁しながらも、妻が言うように、自分は確かにおかしいと思った。だが、検査を取り止める気にはならなかった。

ベッドの中で滝村は、明日のＣＴで何が見つかっても済州島にはとにかく行くと、もう一度自分に念を押した。

六月の早朝は肌寒いぐらいで、ＣＴ台は冷たかった。技師がバスタオルを二枚、背中に敷いてくれた。

滝村は窓外の景色を思ったより眩しく感じなかったし、霞んで見えることもなかった。

椅子に座って滝村は考えた。煙草を止めていなければ、ここで胸一杯に煙を吸い込むところだろうと考えた。タバコを口にしなくなって十三年になる。禁煙も無意味だったか、と滝村は苦笑した。

これまで、何十人、いや数百人の癌死を看取ってきた。それが今度自分の番になっただけではないか。驚くことではない。自然なことではないか、と滝村は考えると不思議に落ちついてきた。

まだ半年は生きられるだろうから、ひとつずつ考えていこうと思った。

検査室に電話すると検査技師が出勤してきていた。滝村は検査室へＣＴ画像を持っていった。

心なしか体が重い。

技師は滝村を見て驚いた。まだ早い時間帯だし、日によっては滝村と一度も顔を合わせることがないこともある。昨年検査技師の専門学校を出て、滝村の意向で一年間大きな総合病院でエコー（超音波）検査の修業をさせたのであった。揉（も）まれただけあって、診断力もついて、もう一人立ちできる実力をそなえてきていた。女性らしい繊細な神経を持っていて、患者からの評判もよい。

滝村はエコー室のシャーカステンにＣＴ画像をかけた。

「どう思う、このＣＴ像」

「肝臓に幾つもの円形陰影がありますね…」

「どう見ても、これは転移性の肝臓癌だよね」

滝村は念を押すように言った。

「そうですね。円形の辺縁がぼやけていますものね」

技師はCT像を食い入るように見入った。

「これ、僕のCTなんだよ。これからエコーをあててみてくれないか」

「えっ、これは先生のCTなんですか」

技師は滝村の方を振り返って、驚きと戸惑いの声をあげた。

「自分でも肝臓癌と思っているので心配いらない。やってくれないか……」

技師はもう一度、じっくりとCT像を見直した。

「明日、大学からK先生がおみえになる日ですから、K先生に診ていただいたら如何でしょうか」

「君でもいいんだよ。癌であることは明らかなのだから……」

「でも、私は……」

「そうだね。君に僕への引導を渡す役をしてもらうのは酷だね。ではK先生に診ていただこう。ただ明日は朝早くから旅行に出かけることにしているから、来週になるね。K先生は月曜と金曜日だったね。じゃ月曜日にしよう。予約簿に書いておいてくれ」

技師は顔を上げきらずにいた。滝村は逆の立場になっても、自分も同じようにするだろうと思った。

「先生、採血して生化学検査に出しておきましょうか」

「あ、、そうだね。腫瘍マーカーも入れておいてくれ」

やはり、少し動転しているのだろうか、生化学の検査を思いつかなかったのは、と滝村は考えた。

「どうでした」

妻がご飯をつぎながら、滝村に尋ねた。

「どおって、そんなに早くわからないよ」

滝村は動揺を見すかされないように、ゆっくりと言った。

妻は滝村のそっけない言葉から、かえって何かを感じとったのか、それ以上追及しなかった。

あと半年の命ということが滝村の頭を占めていた。気を緩(ゆる)めるとその場に座り込みそうになるので、力をいれてしっかり歩いた。患者が押し寄せていた。

滝村は普通より大きな、はっきりした口調でマイクに向かって患者の名前を呼んだ。日頃とあまり変わっても看護師に変に思われると考えたが、萎える気力を支えるには、それしかないと思った。

身体の病と、心の動揺を見すかされないように心を配った。そして日頃になく、患者に言葉をかけた。患者の気持ちになって診察しているのが、自分でもわかった。

あと半年の命ということが心に付き纏っていたが、癌ということは厳然たる事実で、どうにも動かし難いことを認識して、医師として見苦しいことはしたくなかった。

昼食は食べたくなかったが、しっかり噛んで食べた。妻は黙っていた。滝村は食べおわると自宅から病院の院長室にもどった。

日頃は自宅で三十分ぐらい横になるのだが、滝村はその気になれなかった。妻もそんな滝村に声を掛けなかった。滝村には、声を掛けてほしい気持ちもあった。日頃とは違った行動をしている姿を心配してほしいと思ったが、そうされたら滝村の気持ちはがたがたに崩れたかもしれないと思った。

院長室に戻ると、滝村は意識していなかったのに電話機をとり、十月末頃に風景写真入り旅のエッセイ集を出す予定の出版社の係りを呼び出していた。

「W君か、僕、滝村だ。エッセイ集、十月末の刊行にしていたが、八月末に繰りあげてくれないか」

「えっ、何かあったんですか。そんなに急に言われても…」

「僕の肉体的状況が変わってきたんだ。とにかく、頑張って何とかしてくれ」

「ドクターである先生が肉体的状況が変わったと、おっしゃるのでしたら、余程のことでしょう。上司に相談して頑張ります」と、あわてた風に電話を切った。

彼も、今の会話で滝村の体にただならぬことが起こったことに気付いたに違いなかった。八月末でも遅すぎるかもしれないと、滝村は思った。自分が死んでしまえば出版は頓挫してしまうだろう。

次に滝村は旅行会社に電話した。

「十月十五日から四日間予定していたニューヨーク旅行だけど、あれを中止にしてくれないか。都合が悪くなった。まだ四ヵ月先のことだからキャンセル代もいらないだろう」

「院長どうしたんですか。あんなに楽しみにしていたのに。ニューヨークにいらっしゃるお嬢さまにも会えると張り切っていたのに」

「いろいろな事から行けなくなったのだ。とにかく、そのうちに段々事情がわかってくるから、見ていたまえ」

滝村は相手の追及を逃げるように電話を切った。そして滝村は大きく深呼吸をすると、壁の大きなカレンダーを見た。

今年一杯の命として、今から手を打っておかねばならない二つのことを終えた、と滝村は思った。それから滝村は、今既に自分が末期癌の状態にあることを考えた。そして、抗癌剤を使わない、癌による痛みが激しくなったらできるだけ痛みを取ってもらう、癌の苦しみから逃れるための自殺をしないことを決めた。

これは、これまで癌のさまざまな患者さんを診療してきたことの経験からきていた。

滝村は、自分が意外に冷静であることを自ら感じた。それは、これまで何十人、いや何百人の患者の人々に、癌とか色んな病気で死の引導を渡してきたという意識があり、今度は自らに引導を渡すことになったのは、少しも不自然ではないと考えたからだった。

とうとう、自分に順番が回ってきたかという驚きと、諦めが一緒になった思いであった。だが、あと半年も持つまいという絶望感は不思議と湧いてこなかった。それは自分が医師として精一杯努力してきて、仕事に関しては、思い残すことがないからだろうかと滝村は思った。

長い間の疲労が自然と重なり、生への執着が面倒になってきているのかとも考えた。

開業して二十五年、病院もかなり大きなものになっていた。職員も沢山いる。昨年秋の決算書を滝村は思い浮かべた。負債もあまり残っていない。自分が死んで、そのまま閉院になっても、かまわない状態と思った。滝村には三人の娘がいるが、医師になったものはいない。三人のうち二人は結婚しているが、医師との縁はない。もう一人の娘にも固執してない。

済州島から日曜日の夜に帰ってくる。翌日の月曜日にエコーをすれば診断はほぼ確定する。だが転移性肝臓癌であるからには、どこか他所に原発病巣があるので、それを検索せねばならない。どこから転移して来ていようと末期癌であることに変わりはない。しかし、病巣から細胞を取ってきて癌と診断しなければ正式には癌と認められないのが医学の世界である。滝村も医師として生きてきた以上、その手続は踏まねばと考えた。

検査をすれば体力が落ち、癌が存在するので体力が回復することは不可能で、すぐに衰えがくるだろう。衰えた姿で患者の診察はしたくなかった。いきなり閉院ともいかないか、と滝村は考えた。しかし、出来るだけ早く引退したいと思った。

月曜日のエコー検査のあと、夕方に四十キロ離れた街の、滝村の病院と連携している大きなK病院を訪ねて、理事長や院長にありのままを話して、その病院で入院検査を受けることを頼み、その間不測の医師の派遣をお願いし、その後、診断が確定すれば、早晩死亡するのだから、滝村の病院の運営を全面的に依頼しようと考えた。

それであれば、入院は翌々週の十日後の月曜日になる。

滝村は電話機をとり短縮番号でK病院を呼び院長に事情を話し、来週の月曜日の夕方の面会のアポイントを取ろうとしたが、済州島から帰ってきてからでも遅くないと制止するものがあった。

その時、丁度電話が鳴った。

「あなた、私、これから院長室にうかがっていいですか」

妻の由紀子からだった。

「何の用だ。今考え事をしているところだが、電話でよいことなら言ってくれ」

滝村は動揺を見られたくなかった。

「電話でもいいことですけど、先ほど外来婦長が来て、今日の先生は日頃より声も大きく、日頃から優しく丁寧に患者を診察するのですが、今日はまた特に丁寧でしたものですから何かあったかと心配していました、と言ってきたものですから」

「そんなくだらないことを、僕はいつも平常心で診察をしている。婦長はまた、つまらんことに気がついて、日頃はぼおっとしているくせに」

滝村は気を落ち着けて、できるだけ平静に言った。

「それならいいんですけど、今朝の検査が尾をひいているのかと……」

「お前も、いらんことを心配して。婦長は何か検査のことを言っていたのか」

「いいえ、婦長はあなたが今朝ＣＴを撮ったことは知らないようですよ。私も何も言わなかったですけど……」

「それならいい。いらんことしゃべるなと言っておいてくれ」

滝村は少し怒ったように電話を切った。

看護師の間で滝村の態度が話題になっているのなら、恐らくレントゲン技師やエコー技師まで話が広がり、夕方には滝村が末期の肝臓癌であることは病院中に知れ渡るだろう。でも、それが事実なのだから、どんなに抗弁しても、何ヵ月か先には結果が出るのだから、どうでもよいかと思った。

回診日だった。

億劫であったが、滝村は気力を奮い起こして二階へ上った。ひょっとしたら今日が最後の回診になるかもしれない。

看護師達に日頃と違う雰囲気を感じたが、自分の思いすごしかもしれないので、滝村は自然に振舞うようにした。今日は二十数人の回診であったが、癌の末期の人が二名いた。ひとりは五十一歳の男性で、背中が痛いと一ヵ月前に来院したのだが、既に肝、脳、骨に転移していた。肺癌が原発であった。背部痛が激しいために家族の希望で麻薬の座薬を使っていた。

意識は朦朧としている。話かけても、殆ど反応はない。本人に癌の告知はしていない。

滝村は本人に癌の告知はできないタイプである。家族にはよく説明しているが、本人には、どうしても告知できなかった。

これまで滝村は癌の末期の患者から、こんなに良くならなければ癌に違いないから、癌ならそれとはっきり言ってくれと言い寄られたことはなかった。

もう一人は八十五歳の女性で、左肺に大きな癌ができていた。殆ど自覚症状はなかったが、いずれ胸痛などが出てくるので、中核の病院で放射線療法を施行してもらい癌は小さくなっていた。だが、最近腰痛を訴えるので再検査してもらったら、腰椎に癌の転移が見つかった。でも本人は至って元気で、ゲートボールをしたいので退院を希望していた。

滝村はデータを見て、動けるのはあと三ヵ月だろうと思った。鎮痛剤を持って帰り、さらに痛みがひどくなったら、また入院しなければならないかもしれないと説明して、できるうちはゲートボールもしてよいと退院を許可した。

看護師たちが、少しおやっという顔をした。癌の末期の患者さんにも、治る見込みが少しでもあれば、やれることは施行するのが滝村の方針であった。

滝村は、自分が末期癌の立場になると、もう余計なことはして貰いたくないという気持ちが占めてきていた。

回診が終わると、滝村は転移性肝臓癌の多くは肺癌原発のことが多いので、胸部のレントゲン写真を撮ってもらうことを思いついた。済州島から帰ってきてからでもよいと思ったが、悪いことを先に延ばす気持ちと、どうせ同じだから早く知りたい気持ちがせめぎ合った。滝村はタバコを十三年前に止めていたし、今、セキやタンの呼吸器症状が全くないので、まさか肺癌になっているとは思えなかった。

今朝のCTを撮ってくれた技師とは違う男であった。シャーカステンにフイルムをかける時、滝村は覚悟していた。小さな肺癌でも転移すれば大きな働きをする。隅々まで滝村は胸部フイルムを見たが、どうも肺癌らしい陰影はなかった。

滝村はほっとすると同時に、しつこく続く背部痛は、恐らく膵臓癌が原因であることは間違いないと思った。今朝のCTでも膵臓のあたりに、複雑な陰影があった。滝村は専門が肺であったので、肝臓とか膵臓は詳しくなかった。

間違いなく膵癌の肝臓転移であると思った。そう考えれば心窩部痛、背部痛がずっと続いているのと符合(ふごう)する。

滝村は回診をしながら、これまでにないことを感じた。癌の末期は、自(みずか)らなってみないと、その人の心境はわからないと前から思っていた。しかし、自らなってみて、今のところ不思議に落胆はなかった。

これまで経験した末期癌の患者は、自ら申し出て告知を頼む人は一人もいなかった。聞きたかった人もいただろうが、恐怖から聞けなかった人も、最後まで一縷の望みをつないで聞けなかった人もいたろう。

自分が癌になっても、患者に告知すべきかどうか滝村にはわからなかった。

入院患者には癌の人もいれば高齢者の肺炎、心臓病、脳軟化症の人、痴呆の進んだ人で肺炎がひどくなって転院して来ている人もいる。

滝村は自分でコーヒーを入れて飲んだ。

普通は栄養士がコーヒーか紅茶か、入れましょうかと聞きに来るのに、今日は来ない。滝村の癌のことが評判になって、来るに来れないのかと滝村は苦笑した。

その時、滝村はふと《ショート・カット》という言葉を思いついた。ゴルフでドッグ・レッグしたコースをコースどおりに打っていかなくて、林や森や湖越しに危険を冒して打っていくのである。うまくいけば飛距離をかせげて有利になる。《ショート・カット》は近道をすることである。

そうだ、俺はショート・カットして人生を終われるのだと思いついた。六十歳を過ぎたばかりで、男性の平均年齢七十八歳までは、まだかなりある。だが、これから先は年々衰え、病気に悩まされ、あげくの果てにはボケることも考えられる。あんまりいいことも無さそうな歳月を迎えることになる。医者の立場から、いろいろな人を見てきている。

しかし、僕はそのような厄介な年月を一気にショート・カットして、この秋には死ねる。

これを思いついて、滝村はほっとした気分になった。若死するのも悪くない。第一線で、ずっと出ずっぱりであったので、疲労も蓄積しているのか、これ以上何か特別のことをやろうという気持ちも湧いてこなかった。

そうだ、由紀子に、『僕は近道をすることになったぞ』と言おうと思った。

由紀子は庭に降りて草取りをしていた。

雑草が一本生えていても気になる性格で、庭はいつも整然としていた。軒下に吊るした鉢から白、紫、ピンクのサフィニアが滝のように溢れるばかりに咲き垂(た)れている。葉を乾燥させて、煎じて飲むとボケを防止するというレモン・グラスも元気に大きくなってきている。

「お茶入れましょうか」

と滝村の姿を見つけると、由紀子はすぐに上がってきた。

「お茶はいらない。話があるので座ってくれないか」

滝村は居間のソファーに由紀子を誘った。

由紀子の顔がこわばった。

「僕は近道をすることになったぞ」

「近道って、どこへ行くのですか。済州島ですか」

「人生の近道だ」

「それはどういう意味ですか」

由紀子は不思議そうな顔であったが、緊張した表情を解かなかった。

「近頃、お腹の調子がわるいので今朝腹部のCT写真を撮ってもらったら、肝臓に転移性の癌が沢山見つかった。医師の僕が言うのだから間違いない。あの画像なら、とても今年一杯は持つまい。いや場合によったら秋風の吹く頃には駄目かもしれない。今後の段取りも先程考えた。不思議に恐怖感も絶望感もない。むしろこれから老年期を迎えていろいろ難儀すること、例えば寝たきりになったり、痴呆になったりすることをしなくてすむ。お先にグッドバイと近道できることが、むしろ嬉しいのだ。これは負け惜しみではない」

滝村は由紀子を見ずに庭を見ながら、自分でも驚くほどに淡々と言った。

由紀子は下を向いて暫く黙っていた。

「本当に癌なんですか」

「僕の診断に間違いはない」

「だって、あなたは消化器は専門でなく、呼吸器でしょう」

「消化器の患者さんも結構経験している。現に、僕のCT画像をエコー技師に見せて、エコーで確かめてくれと言ったら、彼女はびびって明日大学から来る先生にしてくれ、と青くなって言った。彼女から見ても間違いないと言うことさ」

「彼女はまだ若いじゃないですか。癌でない確率もあるのでしょう」

「いや、ないね。でも、僕は悲観していない、本当だ。これまで何百人の人に死の引導を渡してきた。今度は僕の順番ということ。人間一度は死ぬのだから、早いか遅いかの違いだよ」

由紀子は黙ってぼんやりした顔をしていた。滝村の言ったことが信じられないのか、咄嗟のことで理解できていないかもしれなかった。

「僕、今から写真館に行ってくる」

「何をしに行くのですか」

「葬式の時の写真を撮ってくる」

「まあ、縁起でもないことを。まだ後でもいいではありませんか」

「思いたったが吉日と言うではないか。本人が行くというのだからいいではないか。勿論パスポート用と言うけどね。それに衰弱していない時に撮っておかないとね。来週から段取りが詰まっていて、空いた日がない。それから今夜はステーキにしてくれ。百五十グラムぐらいでよい。妙にステーキが食べたくなった」

本当に滝村は空腹感を覚えて、それも油っこい物がほしかった。

滝村の大学の先輩でテニスの名手がいた。腰痛がなかなか治らないので、自らエコーをあててみた。その医師は消化器が専門であった。エコーには大きな膵臓癌が写し出されていた。先輩は誰にも黙って、すぐに写真館に直行した。三ヵ月後に先輩は亡くなった。

それを後から知って、滝村は先輩の手回しの良さにびっくりしたが、その時には先輩の真の気持ちは理解できなかった。

しかし、今は滝村には先輩の心情が痛いほどにわかった。


良い牛肉を由紀子は用意していた。

小さな鉄板の上で焼きたての油がじゅうじゅうはねるステーキを滝村の前に出した。厚さが二センチあるので百五十グラムの肉でも、わりと小さく見える。癌の末期の男が自ら要望したとはいえ、『こんなに肉を食べても体によいのですか』などと、少しは配慮の言葉があってもよいと滝村は妻の神経を疑った。だが、現実に滝村は眼の前のステーキにかぶりつきたい程の食欲を感じていたので、黙ってステーキにナイフをいれた。

赤い肉汁が溢れでてきた。肉は柔らかく美味しかった。滝村は思わず感嘆の声を出すところであった。

由紀子は滝村の三分の一ぐらいの大きさの肉であった。それも静かにナイフで切って、口に持っていっている。滝村が感じたような味を感じていないらしい。

二人の間に会話はなかった。最後の晩餐みたいな感じになるのを避けて、滝村は言った。

「今日は良い写真がとれたと思う。写真屋のおやじさんが、色々注文をつけ、笑顔を撮ったり、しっかりした顔を撮ったり、角度も変えて何度も撮るものだから、これはパスポート用だよと言ったら、先生、今日はとてもいい顔してますから記念に撮っておきましょうと言いあがる。怒るに怒られず弱ったよ」

「なにがいい顔ですか、縁起でもない」

滝村は赤ワインをぐいぐい飲んだ。

「今夜、お前、お謡の練習日なんだろう。行ってこいよ」

「行っていいのですか」

「いくら癌の末期とはいえ、今夜死ぬことはない。ご覧のように、まだ僕はぴんぴんしているよ」

「あまり、死という言葉を簡単に使ってほしくない。人間には奇跡が起こる可能性がありますから」

「わかった。明日からの済州島のゴルフ旅行は、どうしようか」

「明日、朝早く出発するということで、明朝の大学の先生のエコー検査を断ったのでしょう。半年も前から計画していたことで、あなたが代表であれば、行ってみえたらどうですか。それで癌が急に悪くなるのでなければ」

お謡の練習も止める、済州島へのゴルフ旅行を泣いてでも止めさせようとする修羅場も半分は期待していたが、由紀子は淡々と、夫の癌を信じないようにして、滝村を励ましているようにも思えた。

由紀子がどちらの態度をとろうと、滝村は済州島には行く気持であった。

あれだけの末期癌の画像があれば、もうじたばたすることはないと思っていた。

由紀子は、滝村がまだ赤ワインを飲んでいるのに、食卓を片づけると食器も洗い寝室をととのえて、

「明朝は八時出発になっていますよ。駐車場に迎えのマイクロバスが来ると聞いていますので、六時半には起きて下さい。今夜の練習は十時すぎまでかかります」

と言うと、迎えにきた仲間の車で出て行った。

秋嘆場も覚悟していた滝村は、ほっとした反面、妻から軽んじられているような淋しさが残った。

だが、由紀子にはどうしようもできないことで、むしろ、あまりの悲しみから逃避したのか、と思った。

赤ワインを一本空けていた。気持ちが楽になっていた。考えることが意外に無かった。

滝村は二階の寝室に上がっていった。窓をあけると六月の夜の涼しい風が吹き込んできた。カーテンがひらひらと舞って首筋にあたり、とても気持ちがよかった。星空が美しかった。もう、ずっと星空を見たことがなかった。こういうことが生きていることの喜びかと滝村は思った。死んでしまえば、先ず味わえまい。死後の世界など考えたことは殆どなかった。まだ、ずっと遠い所にあると考えていた。

死を宣告されると、見えるものが真っ白に眩しく輝くと聞いたことがあった。滝村は今朝CT像を見た瞬間にこのことを思い出して窓外を見た。だが、白く輝いては見えなかった。体が、ずーんと沈んでいくように、少し感じたくらいであった。

ベッドの上に体を投げだすと、焼酎の水割りを飲んだ。水のように快く流れこんでくる。

ずっと前に、ある女性の詩人が、死についてのアンケートで、美しい夕焼けを見ていると、死ねば夕焼けを見れなくなるのが心残りと答えていたのを読んだことがある。なるほど、夕焼けを、そのような見方で見たことがなかった滝村は、詩人の感性を納得した。

滝村はこれまで見た美しい夕焼けを思い出してみたが、これぞという夕焼けを思い出せない。

真っ赤な夕焼けに龍のような雲が浮かんでいたのを思い出した。十代の頃、海辺の結核療養所に入院していて毎日のように美しい夕焼けを見た。真っ赤な夕日が広大な海を染めて、刻一刻と色を変えていく。そのなかに漁船やヨット、大きな旅客船が混じり、最後は漆黒の闇に漁火(いさりび)が無数に散らばる。見飽きることはなかったが、いずれにしても最後は闇になる。夕焼けに固執はない。
二、三年前までは早く第一線を退いて、日本中を旅行して回りたいと思い詰めていた。春には桜前線の北上に合わせて九州から北海道まで桜を追いかけたいと願い、秋には北海道から紅葉前線の南下に従って九州までゆっくり、のんびり旅行したいと思っていた。癌でそれが不可能になったせいもあろうが、滝村はそのような物見遊山がとても億劫なものに感じ、実現出来なくなったことに悲観しなかった。

日本の旅行には温泉は付きもの、温泉には露天風呂が付きものである。岩風呂、石の階段、日本中殆ど変わりない懐石料理、老人の団体客。一時は、京都に移住して、余生を毎日神社仏閣を見て回ろうとも考えていた。だが、いくら見ても、あまり変わらないものに思えてきた。滝村には全てが面倒なものばかりで、実現しなくても少しも惜しくないように思えた。

外国旅行でも、前は猛烈に世界一周旅行や、長期滞在型の旅行を懇望していた。滝村は海外旅行はアジアの数カ所しか行っていない。外国語も殆どしゃべれないし、ほんの三日間のアジア旅行でも、食事には辟易した。

見てみたい海外の景色や民族の様子など沢山あるが、見なければ見ないで未知のままに終わることも悪いことではない、と滝村は思った。

このように消極的になってきたのは、やはり癌細胞に侵されているためなのだろうか。

その時、滝村の頭に《私は癌で死にたい》という言葉が過(よぎ)った。

ある国立癌センターの院長をしていた人が書いた本の題である。主旨は現代医学の進歩により、癌は必ずしも不治の病でなくなった。それで、検診を受けて積極的に治療を受けよう。たとえ末期癌でも、疼痛緩和療法やホスピスもある。痴呆になるより癌になった方が、たとえ末期癌でも思考することができるということであった。

　癌も痴呆の患者もよく診ている滝村は頷(うなず)けるところはあったが、これまで切実感はなかった。しかし、今の滝村には本の主旨はよく理解できるが、全てが手遅れで、これから肉体はどんどん衰微していく。一体何を思考して死を迎えるのだろうかと考えた。だが悲壮感はなかった。死という厳然たる事実を滝村は仕事柄、物理的には知り尽くしていた。ただ、どう思考してみても、あと半年の命ということだ。

　それから滝村は先程の由紀子との会話が気になった。

『済州島に行くのを、どうしようか』と滝村が聞いたとき、『折角だから行ってきたら』と答えたか、『最後だから、行ってきたら』と言ったのか。まさか『最後だから』とは言わなかったと思うが、あれだけ癌の末期で余命いくばくもない自分で言ったのだから。『最後だから……』に拘わることが可笑しいのにと、滝村は一人笑った。

『折角でも……』、『最後でも……』同じことではないか。アルコールが回って本当に気持よくなった。癌の末期は、どう考えても、どうにもならないという事実が、失望にもならなかった。自分でも、それが可笑しいほどであった。もう一杯焼酎の水割りを飲もう、明日は済州島に行くだけで、ゴルフは明後日ではないかと、立ち上がり階下に降りていこうとした時、電話が鳴った。

「先生、今朝は失礼いたしました。ＣＴ画像を見せられた時に、咄嗟に転移性肝臓癌と思いました。それが先生のＣＴとお聞きして、動転しました。先生の体にエコーをあて、私の眼から見て、癌と診断することに恐怖を感じ、躊躇しました。医療従事者としては失格です」

女性のエコー技師からであった。

「ああ、君か。今朝はごめん。びっくりしたろう。君のとった態度も気持もよくわかるし、僕としては嬉しく思っているよ。来週月曜日に結論がでる。しかし、僕は覚悟している。誰が見ても、肝癌だよ」

滝村は拘泥しないように笑い声をあげた。

「それで、大学のＫ先生にお話ししたら、明朝先生が旅立つ前に来てもよいとのことですが……」

「あゝ、そうか。気を遣わせてすまないな。でも明朝は八時に集合だからとても無理だよ。それに、僕も医師だから、じたばたはしたくない。来週の月曜日でいいよ。海外旅行も、ゴルフもこれが最後になるかもしれないしね。僕は悲観していないよ」

彼女は泣いているようである。

「女房にも言ったんだけど、僕は人生の近道が出来ると喜んでいるんだ。これから年をとれば、あまりいいことはないものね。この若さで癌で死ねばこれから迎える老年の苦難の年月を一気に越えて、あの世へ近道できるよ」

「近道なんて、そんな淋しいこと先生言わないで下さい」

彼女が泣き出すのがはっきりわかったので、滝村は電話を切った。要らぬことを言った、と滝村は後悔し、酔いが回ってきたかと思った。

懸命に心配しているエコーの女性技師と話をしているうちに、子供たちのことを思い出した。長女は横浜に住んでいる。

ついひと月前のゴールデン・ウイークに長女夫婦は帰ってきた。孫の雄太は三歳半になる。一年前は猪突猛進してよく転び、目が離せなかったが、今年は手をつないで歩けるようにはなっていた。それでもよく動き回る。

昨年までは言葉は単語であったが、今年は単語が連なり動詞も使うようになり、平仮名の一つ一つは読めるようになっていた。滝村は、はっきり記憶に残っているわけではないが、自分の幼児の頃と比較したりした。車の名前など日本だけでなく世界の車までよく知っている。滝村の時代は、車などなかった。

連休にハウステンボスに連れていった。夜の運河で、舟やビルの屋上をライトアップしてバレエのショーがあった。運河を電球を一杯につけた舟が踊り子を乗せて滑らかに動き回る。

《お舟さんは泳ぎが上手だね》と雄太が言ったのには、びっくりした。子供の率直な表現は素晴らしかった。

〝誰が、何を、何時、どこで、何故〟と聞きたがった。

朝、電気カミソリで髭を剃っていると、

「何しているの」

「髭を剃っているのだよ」

「髭はなぜ生(は)えるの」

ちょっと困ったが、

「人間が生きているからだよ」と答えた。

「人間は、どうして生きるの」

滝村は〝どうして〟を〝何のために〟と思ったので、ぎょっとして雄太を見た。

雄太はきゃあきゃあ笑いながら走っていった。

滝村は雄太の声が聞きたくなった。

電話をすると雄太が出た。

「雄太クン、ジージーだよ」

「今、何してるの」

「お酒を飲んでいるよ」

「また、お酒を飲んでいるの」

「雄太クン、ジージーのおうちの車は何だったっけ」

「ニッサン・セドリックだよ」

滝村が乗っているのはクラウン・マゼスターである。昨年まではクラウン・マゼスターの名前を絶叫して乗りたがったが、今年はわざと車の名前を間違えて大人を冷やかす知恵が出来て来ている。

「ジージー、歌を唄うね。《げんこつ山の、たぬきさん、おっぱい飲んで、ねんねして、だっこして、おんぶして、またあした》」

長女の智子と替わった。

「雄太クン、元気がよいようだね」

「卵アレルギーさえなかったらね」

「お父さんの子供の頃は卵など年に二、三回しか食べたことなかったもんね。運動会、遠足、病気のときしかね。贅沢になっても困ったもんだね。ところで、お前、お盆には帰ってこれるか」

「多分大丈夫と思うけど、どうかしたの。こんな電話を掛けるお父さん初めてだものね」

「いや、なにもないよ。明日から済州島にゴルフ旅行に行くんだよ」

「よかったね、やっとゆとりが出てきたね」

「ところで、お前、急なときは、すぐ帰ってこれるかい」

「急なときって、どんな時……」

「たとえばの話さ」

「元気なんでしょ。この前あんなに元気よかったのに。お母さんでも悪いの」

「お母さん、元気だよ。今、お謡の練習に行っている」

「じゃ、安心だよね。あんまり心配させないで」と電話を切った。

雄太の歌声が心に残っていた。

滝村は少し眠気が襲ってくるのを感じた。

済州島から帰ってくれば、死への短距離競争がスタートする。とても今のようには平常心ではいられまい。滝村はニューヨークにいる次女の優子に電話した。

「よう、元気にしているか」

「一週間前に電話したばかりでないの。元気にしているよ」

「お前、今何の勉強をしているのだったっけ」

「この前も同じこと聞いたよ。酒飲んでるの」

「少しはね。語学だったね。アメリカの文化や民族性をしっかり勉強してこないとね。しかし、もうぼつぼつ帰って来ないか。ところで夏休みは何時からだ」

「八月の初めから二週間ぐらいある」

「帰って来るのだろう」

「わからない。ミーコと夏休みにパリで会おうかと昨夜話しあったばかり。まだ決まっていないけど」

ミーコというのは末娘の光子のことで、今はパリに住んでいるが、このところ夫とオランダ、ノルウェー、スウェーデンなどに商用の旅行をしている。

「お前、急用の場合はすぐ帰れるか。ニューヨークから何時間かかるんだ」

「一日あれば帰りつくよ。しかし、どうしたの。急用だなんて、体の調子がわるいの」

「いやそうじゃないのよ。たとえばの話だよ。夏休みにはパリもいいけど、日本へ帰ってこい。雄太が知恵がついてきて、それは面白いこと言うよ」

優子は最後まで納得のいかないような生返事であった。

滝村はいろんなことを考えねばと思ったが、何を考えても全てはもう遅いことで、なるようにしかならないと思った。滝村は階下に降りると勝手口の鍵を外の牛乳箱に入れると、内から鍵をかけた。由紀子が遅くなり、滝村が早く寝るときは何時もそうしている。

翌朝六時に由紀子に揺り起こされた。起こすのにてこずったらしい。

「何か寝言を言っていなかったか」

「いろいろ言っていたようですけど、言葉がよくわかりませんでした。それにしても、良く眠れますね」

滝村には皮肉に聞こえたが、夢の中で今後どうするかの夢をしきりにみていたので、由紀子に聞かれはしなかったか、と心配した。

滝村の近くに住んでいる人達で、月に一回のゴルフコンペを行っている。それに毎月、金を積み立てて年に一回、二泊三日のゴルフ旅行をすることにしている。メンバーは十名。教師、公務員、設計士、銀行員、自営業などいろいろであるが、約束を守る人、酒の強い人というのが入会の条件になっていた。ゴルフのあとの飲み会の方が主なことでもある。

一年に一回の楽しみな泊まり込みの遠出の旅行でも、メンバー十名のなかで、今年参加できるのは五名しかいない。近親者が病気になったり、自身が骨折したり、急に会社からの出張命令がでたりであった。行けなくなった者は悲憤慷慨していたが、残り五名になった出発組も内心複雑であった。

五名でゴルフが出来るか。滝村は自分が辞退すれば丁度四名で一組に丁度良いと思ったが、会の会長である滝村が止めれば旅行は中止になると思った。

滝村の病院の駐車場に朝八時に五名が集まってきた。

迎えのマイクロバスも着いていた。

幹事の奥さんと由紀子が見送った。

由紀子は出発間際に、

「もう皆、年だから、無理して腰をひねったり、骨折しないように」

と皆に聞こえるように言った。

幹事の奥さんも同調した。五名の男は苦笑した。三ヵ月前、滝村も由紀子も知っている四十八歳の男性が背部痛で来院したとき、肺癌はすでに肋骨、腰椎に転移して、肋骨の骨折をおこしていた。由紀子はこの事を憶えていて、暗に滝村の体のことも言ったと、滝村は思った。

十人が五人に減って淋しくなったが、未知の地の済州島への期待は大きかった。

滝村は、この旅行の間中、自分が癌に侵されていることは絶対に口に出してはならないと誓った。

出せば、折角の旅行は一瞬で終わりになる。できるだけ陽気に振る舞おうと決心した。右季肋部と背部に鈍痛があり、時々背部から肩に弱い電流がびりびりと走る。

朝っぱらからビールも飲めず、朝が早かったので皆、眠ろうとしていた。

滝村も目をつぶり、昨夜見た夢を反復した。

エコー技師から電話があり、長女と孫、それから次女に電話したのは憶えている。女房は帰っていなかったが、先に床についていた。

癌のことはどうしようもないと承知していたので、不思議と平静であった。滝村は自身の経済状況をまず考えた。滝村は病院を法人化して十一年になる。その間、小さな有床診療所を次第次第に大きくしてきた。

昨年八月の決算では、負債はあと一年ほどで大体終わるようになっていた。あの時は、もう少しの辛抱と思っていたが、恐らく今年の八月の決算では負債はなくなるだろう。

では財産となると、どうなるのだろう。この三十数年働き尽くめできたので、土地代、建物、医療器械代も払い終わりそうである。でも、後に残るものは、土地だけだろう。それもたいした広さではない。建物、医療器械など、いずれ古くなって消滅する。

でも、この六十年間生きてこられただけでもいいのではないかと滝村は感じた。人間は裸で生まれてくる。ゼロである。死んだらまたゼロに戻ればいい。

これまで何度も何度も思い出して脳が疲労するくらい、この六十年のことを振り返ってきていた。今考えても、生きてきた時代が、夢か幻に思えるし、信じられないことの連続であった。

Ｆ市の中心街で生まれ、戦災で阿蘇の山の中に疎開、六歳の小学校一年生で終戦を迎えた。それから四、五年は餓死寸前の目にあった。日本中、誰もがそうであった。

あの時ぐらい食べる物にも、着る物にも、住む所にも、真に窮乏した歳月をそれまでの日本は経験したことがあったのだろうか。日本中が殆ど焼け野原になり、富と名誉を殆ど全国民から奪ったあの戦争は、本当に凄まじいものだった。滝村はやっと物心がついた頃であったので、それを本当に意識したのは、ずっと後になってからである。

それにしても、よく国家が消滅せずに済んだと思う。

それからは時の流れに乗って、滝村は自分の選べる道を歩いてきた。

高度成長時代を迎えた時期も滝村は自分では時代の凄さを意識できなかったし、それに乗って走ったこともなかった。滝村が医学部にはいった昭和三十年代の前半の医学は今から考えてみても、結核にストマイ、ヒドラなどの薬ができて、不治の病がやっと治り始めた頃であった。医学そのものは日進月歩であるが、まだ旧態依然とした時代で、将来医師という存在が一時考えられていたように、打ち出の小槌になるとは到底考えられなかった頃であった。

医学の将来に光明を予見して医者になったのでもなかった。たまたまなったという気持ちが強い。

医学部を卒業して、大学病院、公的、私的病院で十年間修業して父母の故郷に近い町で開業した。パラシュートで落下したように見つけた土地であった。将来の医療情勢とか、町の人口とか、地域の環境とか全く考えずに、とにかく仕事に励んだ。

がたん、と車が大きな音をたてて止まった。危うく前の座席に頭をぶっつけるところであった。

「先生、目が覚めましたか。もう皆で飲み始めていますよ。ビールをどうぞ」

幹事役の建築設計士が冷えた罐ビールを持ってきた。

「僕、眠っていたのかね」

滝村は通路をへだてた工務店の社長に聞いた。

「ええ？　先生、寝てなかったのですか。ストマイとか、パスとか寝言で言っていましたので、医者の寝言はやはり違うねと笑っていたのですよ」

滝村はぎくっとした。自分では眠っていなくて昔のことをしきりに考えていたと思っていたが、寝言を言っていたということは、浅い眠りと現実の境にいたことになる。

マイクロバスは高速道路を走っていた。五人だから、皆、悠々と座っている。高速道路の左手の平野の涯に連山が延々とほぼ同じ高さで続いて、そこに朝日が当たって、峰々を微妙に異なる色合いで染めている。

冷たいビールで滝村は目が覚めた感じであった。ということは、やはりさっきは眠っていたことになる。幹事が席を立ってきた。

「先生、キーセン・パーティーはどうしますか」

「どうしますかって、今でもキーセン・パーティーやっているの」

「まだやっていますよ。政府公認の立派なものです」

「僕は十五、六年前の、まだ韓国がオリンピックも開催していない頃、釜山に行ったことがある。キーセン・パーティーのことは聞いていたが、もうひとりのドクターとふたりだけだったので、気後れしていかなかったのだけど、まだやっているの」

「まだやっていますよ。一応今日もやるようになっていますのでお願いします」

幹事は微妙な笑い顔をすると席にもどった。背中にびりびりと電流が走った。あと半年の死の使者がやってきたと感じた。半年の命、なんでもやってみるか。滝村は元気が出てきた。仕事開始の時間で高速道路も通勤ラッシュを迎えていた。田舎の病院で暮らしていれば、このような繁雑ではあるが精気のある光景はまず見れない。それにしても、高速道路にも一般の道にも車が溢れかえっている。終戦後、滝村の田舎にも進駐軍がジープやトラックやキャデラックなどで来たことがあった。子供たちはそれを取りまいてチョコレートやガムをもらった。アメリカには一軒に車が二台も三台もあると聞いても信じられなかった。日本はどう転んでも、そのような時代は絶対にこないと、殆どの日本人が思っていた。

ところが、どうだ今の日本には田舎の農家など、一家に車を二台も三台も持っている。

滝村はもう一本罐ビールをたのんだ。背中の痛みも消えたようだ。

日本の高度成長時代は昭和四十年代にピークに達した。そして昭和四十八年に石油ショックが襲った。あの時、滝村は地方都市の病院に勤務していた。救急病院であったので診療に忙殺されていた。

その頃から長い将来を見通すと、開業しか生きる道はないと思い始めた。開業には相当の資金がいるが、持ち金は殆どなかった。

石油ショックで石油の価格は倍にもなり、それにつられて便乗値上げが相次ぎ、トイレットペーパーの買いしめ騒ぎも起こった。

建築費も急騰し、開業を断念せざるを得ない局面になったが、後にも退けず、土地を借り、木造の医院で開業した。昭和五十年、滝村三十六歳の時であった。公定歩合は八・五％を越え、丁度その時に借り入れをしたので、金利は九・五％であった。

それから二十五年、とにかく働きつづけた。日本の経済は昭和四十年代後半で高度成長は頂点に達した。ただ医学の世界は、その後を追随して、その頃から成長が始まった。医療器械のＣＴ、エコー、内視鏡、ＭＲＩ、新しい薬剤などが出現し、病院も本当に美しい充実したものが建ち始める。

滝村は自然の川に流されるように、その時その時に建物を木造から鉄筋にしたり、土地が手にはいれば広げていった。バブル期の到来前に全て鉄筋に建て替えていた。株など一株も買ったことはなかったが、四十八歳から始めたゴルフのために、ひとつだけかなりの額のゴルフ会員券を買った。

バブルの弾けた後も、自分が考えている病院を造るために、それ相当の投資をして充実させてきた。人間には持って生まれた容量があると、その頃滝村は感じた。そこまで行きつかないと、どうしても満足できないのである。それは、あるいは死に繋がる欲求と思ったりしたが、滝村は自制をしながらも、自分が描いた小さくとも理想の病院を造ろうと努力し実践した。今から振り返ると、実に危ない橋を渡り続けてきた。いつ橋が壊れてもおかしくなかった。

でも、渡っている時には、危ないと滝村は感じていなかった。次々に土地が運よく地続きで手にはいり、増築をして最新の医療器械も備えた。それで負債も減ってきて、やっとひと息ついた時に末期癌が待っていた、と滝村は思った。

滝村は大きな溜息をついた。自嘲的な気持ちになった。

陽が登って来て、高速も一般道路も朝日に赤く照らされている。

幹事がきて、もうすぐ空港に着きます。食事は空港ですることにしてありますと言った。

福岡空港の国際線ビルが完成していた。

広々として気持ちがよい。金曜日なのに乗客が大勢いた。滝村達のようにゴルフバッグを持った者が多い。それも二十代の若者も結構いる。滝村は五十歳近くにゴルフを始め、六十歳を越して初めて海外にゴルフ旅行に出掛ける。それもあと半年の命となってからである。

搭乗手続きを終えたあと、少し早いが昼食をとることにした。幾つかあるレストランはどこも一杯で、並んで待った。食欲もあるので、滝村は不思議な気がした。

皆なで同じ焼肉定食をとり、出発を祝って乾杯した。開放されて未知の地に行く喜びが、皆を子供のように無邪気な顔にしている。

二つ先のテーブルに同じ町の商工会の役員が数名いるのを幹事が見つけた。中国の上海に商用でいくらしい。本当に世界は狭くなったものだ。開業医生活に埋もれている間に、日本も世界も変わってきていた。

食事が終わってロビーで待っていると、マイクで滝村の名前を呼んでいた。驚いて近くの電話に出るとエコー技師の女性からであった。

「先生ですか、旅行中をすみません。昨夜、採血して検査に出していましたのが、今結果が来ましたのですが、普通、悪性腫瘍が進行していますとLDHとか腫瘍マーカのCEA値が上昇するのですが、先生のデータは正常なのです。悪性腫瘍ではないのではないでしょうか」

こんな旅先にまで電話してきたのには腹がたった。

「君、悪性腫瘍でもケース・バイ・ケースなんだよ。数値が上がらないのも、なかにはある。いよいよ動けなくなって急上昇してくるのが多いのだ。まだ僕は動けている。あのCT像を見れば間違いない。もう僕は覚悟している。旅から帰れば、はっきりすることだ。もう電話をしないでくれ」

滝村は腹が立って、激しい声で電話を切った。

急に背中に痛みを感じた。

福岡と済州島は直接の飛行便は週三便しかなく、時々臨時便が出ていた。滝村たちのは臨時便であったが、満席である。雲の厚い天気だったが、雨は大丈夫のようである。メンバーのひとりに飛行機恐怖症がいるので、気遣って皆静かにしていた。

福岡から済州島まで約四百キロ、飛行時間一時間ちょっとである。済州島は韓国最南端、朝鮮半島の南岸沖にある火山島で、韓国のハワイと呼ばれ、沖縄より少し小さい島である。滝村は名前は聞いていたが、詳しいことは知らなかった。

島の中央に漢拏（はるら）山という一九五〇メートルの山があるというが、雲でみえなかった。

済州空港には通訳と旅行案内を兼ねた三十代の金という女性が迎えに来ていた。

これからの行程は全て金女史にまかせてある。幹事と金女史が打ち合わせて、この旅の宿泊地である済州島の南端の中文（ちょんむん）リゾートの済州新羅（ちえじゅしーら）ホテルまで一時間かかるので、その前にキーセン・パーティーが準備されていた。済州の街は意外とこぢんまりしていたが、開発が進んでいるので活気はある。

雑然とした街を抜けると閑静な一角に日本風旅館の風情で建物があった。キーセン・パーティーの噂は、実際に行ったことのある人から話は聞いていたが、滝村には信じられない存在であった。江戸時代の遊郭か北欧の飾り窓の女と同じかなと思ったりしていた。外貨獲得のために国営とか喧伝されていた。ソウル・オリンピックも終って、キーセン・パーティーは消えたと思っていた。

玄関に黄色いチマ・チョゴリを着た女主人が出迎えて、滝村らは板張りの広い部屋に通された。

意外に静かな雰囲気である。

大きなテーブルに韓国風の料理が用意されていた。幹事が来て、これから十人の女性が一度に入ってくるので、自分の好きな女性を選んで下さいと言った。既に阿弥陀くじで順番が決められていて一番は滝村だという。

案内人の金女史が、

「好みがいなかったら指名しなくてもよいです。この席はあくまでも酒の席で相伴をする人を選ぶので、気に入らなかったら、夜は断ってもよいのですよ」と言った。

「こんなこと、現在でもやってよいの」

滝村は金女史に聞いた。
「大丈夫です、政府公認とは違いますけど、公然の秘密というところです。今、韓国の男性、日本に行ってばりばり遊んでいますよ」
金女史は意味ありげに微笑を浮かべた。

滝村は雰囲気を壊したくなかったし、あと半年の命であれば、やってみるかと決めた。

一列になって女性が女店主に連れられて入ってきて床に座った。チマ・チョゴリ姿かと思ったが、店主以外は普通のＯＬ風の姿であった。

どの子がいいかなど、一寸見た目に分かるものではないが、選ばなければ先に進まない。

三番目の髪をショート・カットにした黒めの洋服の子を滝村は指名した。呼ばれると、その子はすぐに滝村の横にきて座った。他の女の子たちに何か悪いことをしたように感じた。傍に座った子の顔をまともには見きらない。

続いて、次の者が選んだ。そうして五人の子が決まると、選ばれなかった子は静かに部屋を出ていった。残酷なことのように思った。

女の子が、それぞれ相手の横に座ると、料理やビール、酒がどんどん運びこまれて、女の子が酌をしてくれた。

女の子は日本語がある程度話せるようだ。でも酒席で、そんなに聞いたりすることもない。六月上旬の陽はまだ高かった。席をはずしていた金女史が、マダムと一緒に入ってきた。

陽の高いうちに中文のホテルに着いていた方がよいとのことで、女の子たちはあとから電話してくれれば、ホテルに夜行くとのことである。

ビールも焼酎も、日本に比べると薄いというか甘いというか、どこか奥行きがないという感じであった。だが、昼間から女性が一人ずつ付いての異様な雰囲気に酔っていた。

マイクロバスは済州市内には明日また来るので、すぐ中文へ向かった。まだ陽は高い。郊外に出ると金女史が済州島のあらましを説明した。

済州島は韓国本土の最南西端から百キロほどの海に浮かぶ小判型の、短軸を北西にとる島である。周囲二百八十キロ、長径七十キロ、短径四十キロ。島の北端の済州から南端の中文へ向かっている。日本に一番遠い所から近い所へ移動していることになる。済州から中文には六つのコースがあるが、今日は漢拏山の西裾野を行くコースである。一九五〇メートルの漢拏山の山懐を行くのだが、変化の多い天気と雲のために山容を見ることが出来なかった。

この島の三つの特徴の三多は、風と石と女が多いとのことである。女性が多いということは、昔、男性は出稼ぎに島外へ出ていたのではないか。風が強く、石がごろごろと目立つ。火山島なのだ。漢拏山の裾野は島という感じがしないほどに広々としていて、それは荒涼としたものでなく、牧場のような温かみがある。ひとつはいろんな樹々があるが、全て背丈も低く細い。九州の山の杉、桧、松に比べ三分の一ぐらいの大きさである。だが、ビロウ、アコウ、ソテツ、ヘブなどの亜熱帯植物が見られる。樹々は育つのであるが、大きくならないようだ。日本にはない風景と思った。風の強い天候と石の多い土地が、樹々の成長を邪魔しているようである。しかし、それは島を貧相には見せていなかった。むしろ草花と亜熱帯植物が繁り、住みやすい豊かな島に見える。二〇〇二年W杯サッカーの会場や高速道路が造られていて、島中がひっくり返されていた。

どんどん地球が開発、破壊されていく。街道の人家は平屋で石垣に囲まれている。道端に白い実みたいなものが沢山干されているが、ラッキョウである。

急に雨が降ってきて、暗くなりひんやりしてきた。

済州島には一日のうちに四季があるという。島なかの場所によって、いろんな天気があるらしい。

島の説明が終わり、先ほどのキーセン・パーティーの話に金女史がむけると、皆、とたんに元気になった。滝村の背中にビリビリと電気が走ってきた。雰囲気を壊さないように滝村も冗談を言ったが、全てのものが、あと半年という思いが込みあげてくると、冗談も尻すぼみになった。

済州新羅ホテルは中文ビーチに建つ最高級ホテルである。広いバルコニーから百八十度海が眺められる。中文は、よく晴れていた。日暮れには、少し間があった。金女史からキーセン・パーティーの女性を夜呼ぶかと電話があった。

滝村は疲労を覚えていた。

日頃でも感じるものと同じと考えたが、頭の根底に癌があるので、どうしても、そのせいと思う。

素晴らしいホテルの眺めのよい部屋で、ゆっくり休養を取りたかった。明朝のゴルフは七時の一番スタートと聞いていた。

今日会った女性は美しく、体もきれいであったが、若さに似ずどこか気怠(けだる)さがあるように滝村は感じていた。会うことに億劫感を覚えていた。その旨を金女史に言うと、滝村の心情を察して、それでは、明るい感じの女性を呼びましょうと言った。そこまで配慮してくれれば、滝村も断れなくなった。

あと半年の命ではないか、と滝村は自分に言いきかせた。

他のメンバーはキーセン・パーティーのメンバーを呼んだらしい。

バスで汗を流し、少し仮眠をとったメンバーが滝村の部屋に集まってきた。

広大な海も紫色になって、いよいよ日没である。山の中で暮らしているメンバーには、あまり見ることがない壮大な景観である。

メンバーにやっと日本を離れて開放された気分が出てきた。それぞれ、ビールや焼酎、ウィスキーを飲んだ。五人が居ても狭く感じないくらい広い部屋であった。

幹事が明朝のゴルフのスタートは七時であること、それで朝六時には起きること、食事はハーフの休みにしかとれないこと。このあと、女性が来るので、揃ったらマイクロバスで中文の町はずれのカラオケバーに行くことになっていると告げた。皆から歓声があがった。

済州島まできて、カラオケでもなかろうと滝村は思ったが、これも儀式であるようである。

昼間の女性達がやってきた。ドアの前に金女史がいて、滝村を呼び、金女史が滝村のために手配した女性は遅れると申し訳なさそうに謝った。滝村にとっては、手に手をとってのカラオケ行きは苦痛であったので助かった。しかし、皆と行動を共にしなければならず、カラオケ・バーに行けば滝村付きの女性を用意しておくとのことで、金女史は明朝のゴルフのことをしっかり幹事に言って帰っていった。

金女史には幼い子供が二人いて、主人とは離婚しているようだと、幹事が教えてくれた。マイクロバスで五分も行くと海辺の近くの大きな建物の地下みたいなところにカラオケ・バーがあった。かなり広いスペースに、十四、五人は座れるテーブルが幾つもセットされていたが、まだ誰もいなかった。

カラオケの曲は全て日本の歌であった。ステージがあり、そこで、今日できたコンビが交代に次々と唄った。滝村も背中に電流の走るのを感じながら、カラオケ・バーのマダムらしい三十代半ばの女性とデュエットした。女性たちは、悲しいくらいに日本の歌を知っている。

席が段々埋まってきたが、殆ど日本人観光客であった。中には韓国から在日韓国人に嫁いで里帰りしているらしい、祖父母と子供づれの家族の人もいた。皆、上手に日本語の歌を唄うのには、滝村も驚いた。

日本もたいした国になったものだ。だが、これから先日本はどのように進むのか滝村は考えたが、いずれにしても、もう自分には余命がないと感じ入った。

マイクロバスでホテルに戻り、それぞれのコンビは各部屋に散っていった。滝村の部屋の前の暗闇のなかに、ライトブルーのミニスカート姿で、長髪の女性がほのかに立っていた。

「マッテ　イタヨ」

と、その女性は滝村に言った。滝村は驚いた。

部屋の鍵をあけ、明かりをつけると女性は入ってきた。

色の白い、スリムなあどけない子であった。昼間の子とは違う屈託のない明るさを持っていた。少し若すぎるかと思ったが、折角来たのだから話してみようと思った。

彼女は部屋の窓を開け空気を入れ換えると、先ほどメンバーが飲み散らかしていったビンやコップを手際よく片付けた。

「ヌイテ　イイカ」

と言った。滝村は着たものを脱いでいいかと感じたので、オーケーを指で丸をつくった。彼女は上着だけをとった。

結構、滝村好みの女性が現れたので、滝村はかえって途惑っていた。済州島に来

たら、ルーレットを一度したいと思っていたので、

「僕、今から少しの間ルーレットをしてくる」

と言って、旅に出たら必ずマッサージを受けるのを思い出し、三十分後にマッサージを呼んでおくように彼女に頼んだ。

「ワタシモ　コシガ　イタイ。ワタシモ　イッショニ　マッサージ　シテイイカ」

この若さで腰が痛いとは、と滝村は彼女を見返したが、彼女は腰をおさえてみせる。

「シャチュウ　ルーレット　ノ　アイダ　ワタシ　オフロニハイッテ　アンタヲマッテイルヨ」

滝村は照れながら、わかったと言うように苦笑した。彼女は社長を〝シャチュウ〟と発声するようである。カジノに降りていくと、広い会場は人いきれで煙っていた。隅々までルーレット、バカラ、ブラックジャック、ビッグシックスで占められて、殆ど満杯という状態であった。韓国人は入室が禁じられているようで、見る感じでは日本人ばかりのようで、西洋人はいなかった。テーブルを順に回ってみると、メンバーは皆来てルーレットに興じていた。

部屋に女性を残したままで来ているが、やはり一種の照れ隠しなのだろう。滝村

はメンバーに声を掛けず、隅のテーブルでルーレットをした。ルーレットは危険を分散する方法がいくらでもあるので、大賭けをしなければ三千円で一時間ぐらい遊べると感じた。滝村は五千円ほど勝った。彼女のことが気になったので部屋に帰った。

明かりを暗くした部屋に男と女のマッサージ師がいた。彼女は滝村が戻るまで待っていた。ベッドの横の床にバスタオルを敷いて、そこで彼女はしてもらった。

彼女は先にマッサージしてもらっているものと滝村は思っていたので、若いのに意外に礼儀正しいと感じた。

マッサージ師は上手だった。彼女はマッサージが終わると汗を流しにバスルームに行った。

電話が鳴った。

メンバーからと思ったら、昨朝滝村のCTを撮った病院のレントゲン技師からであった。

「夜分恐れいりますが、今、お話しできるでしょうか」

と奥歯に物の挟まった言い方をする。

「あゝ、いいよ。誰もいないぞ。なんだ今頃」

「今朝の先生のCT像を、今日当直にきているドクターに見ていただいたのですが、確かに転移性肝臓癌に見えるが、脂肪肝があるので肝嚢胞でもこんなに見えることもあるとのことで……」

「君はいらんことをするね。多発性肝嚢胞のことも、僕は知っている。だが、あれほどきれいに大小様ざまの病変があれば間違いなく癌ではないか。十五年前に撮ったCTでは、僕の肝臓には全く肝嚢胞はなかったのだぞ」

「ある年齢といいますか、老化すると嚢胞は出来てくるそうですが……」

「なんだ、君は僕を年寄りと思っているのか。僕はあと半年の命と考えている。いま、そのための思考や行動をしているところなんだ。邪魔せずにいてくれないか。折角安らかな、いい気持ちになっているところなのに……」

と滝村は電話をガチャと切った。

明後日には大学のエコーのエキスパートのドクターで確定診断を受けて、昨日考えたようなスケジュールで人生を終わろうと思っているのに、このホテルの電話番号まで教えた由紀子にも滝村は無性に腹が立った。

やっと人生の《近道》という宝を考え出して、心の安寧を見出しているのに。

女性は滝村の激しい電話の切り方を心配したのか、

「シャチュウ　ナニカ　アッタカ」

と聞いてきた。

「あのね、君はシャチュウ（社長）と呼んでいるつもりのようだけど、君のはシャチュウになっているのだよ」

「アア　ソウカ。ワタシ　ニホンコ　ナラッテ　マラ　スコシダカラネ」

女性はバスローブを着ていた。窓をあけて風をいれた。真っ暗闇の沖に無数の漁火が見える。この国でも夜に魚を獲りに出るのかと思うと、滝村は感じ入った。

椅子にすわってコーラを飲んでいる女性に、滝村はウィスキーの水割りを作るように頼んだ。彼女はいそいそと立ち上がり冷蔵庫をあけ、水と氷とウィスキーを出して来て水割りを作り始めていた。ホテルの部屋に届けられていた日本の新聞を滝村は読んでいた。

「シャチョウ　マラ　イレルカ」

と彼女が大きな声で滝村に呼びかけた。

滝村はその言葉に飛び上がらんばかりに驚いて、女性を見た。彼女は氷とウィスキーのはいったコップにボトルの水を入れながら滝村に聞いているのであった。

滝村は、そのくらいでいいと指で丸をつくり、オーケーを出した。

「あの、君ね。《マラ　イレルカ》のマラは日本語では君も知っているペニスのことだよ。驚くではないか。これまで、ずっとそのように言ってきたのか」

彼女は小さな顔のなかの二重瞼を大きく見開いて、

「イッテ　キタヨ」とあっけらかんに言った。

この子は、どうも日本語の濁音が出来ないようである。その時、滝村は、あと半年の命の切実さを感じた。命があれば、この子の言葉を直してやりたいと思った。

「マラ」は「マダ」だよと、滝村は彼女に発音の練習をさせた。彼女は、真剣にまねた。

翌朝六時に起きると彼女は帰り仕度をしていた。

七時にゴルフをスタートするのを知っていた。

「こんなに早くに、乗物があるのか」

「六時スギタラ　ドンドンアルヨ」

今日は大分(だいぶ)濁音が出てきていた。済州と中文は姉妹関係みたいなものだから、朝早くから行き来は頻繁なんだろう。

「今夜　マタ　キテイイカ。昨夜ハ、ツカレテイタヨウダッタネ。コンヤ　フッカブンサービススルヨ」

「今夜の予定はまだ聞いていない。多分ゴルフが終わったら、新済州に焼き肉を食べに行くことになるだろう」

と滝村は苦笑しながら、彼女から名刺を受け取った。

「ゴルフ　ガンバッテネ。中文ゴルフジョウ　タイヘン　キレイダヨ」

彼女は滝村の頬ッペタに軽く口を付けると出ていった。

『マラ　イレルカ』を思い出して、滝村は頬をゆるめたが、性格が良くて楽しかった。

メンバーは五名だったので、三名と二名に分かれ、中文ゴルフ場の従業員が一人加わって回ってくれた。滝村ら下手の者三名が先にスタートをした。雨が降り出しそうな天気であった。

彼女が言うように中文ゴルフ場は海沿いの松林の中にあるきれいなリンクス・コースである。距離も充分あってレイアウトも良い。開場して十年少しらしいが、名門コースの雰囲気がある。

メンバーは最初のうちは疲れた顔をしていたが、ラウンドが始まると結構よい当たりもでてきた。

三人に二人のキャディーが付いてくれたが、三十代の女性で日本語も達者でよく気がついた。途中で記念写真を撮ったりした。雨の降らない正午前に終わった。ハーフの時軽い食事をとっていたので、ホテルに帰り汗を流すとすぐマイクロバスで新済州の韓国風焼肉店に行った。新済州は高台にあって道路は広々とし、基盤の目のように整然と区画されている新開地である。骨付きカルビ、ユッケ、ハラミ、ケージャン、チョンガキムチ、石焼きビビンバなど本場の味が堪能できた。なによりも店員が溌剌としていることであった。

やっと韓国に来たという感じがメンバーを寛がせた。

そのあと免税店を二軒回った。

由紀子と子供にアメジストを買おうかと思ったが、今更形見でもあるまいと、滝村はやめた。

金女史がキーセン・パーティーを今夜も用意していたが、皆疲れて中止することになった。しかし、女の子だけでも見て、良い子がいたら誘ってもいいと何回も勧めるものだから、メンバーは、では見るだけでもということで行った。

広い寺院のようなところで、板張りの部屋で待っていると、十人の女性をチマ・チョゴリを着た三十代の女主人が連れてきた。

女性たちは昨日と同じように普通の洋服を着ていて、派手な子はいなかった。アルバイトで来ているという感じであった。店主がメンバーの一人ひとりに当たったが、誰も断った。帰ろうとすると、もう一組だけ見てくれということになった。昨日の家は一組だけしか見せなかったが、時間が早いせいかすぐに次の十人を店主が連れて入ってきた。

前の組より揃っていた。滝村は隣のメンバーと、なんだ良い子は後に残しているのかと苦笑した。

後で電話してくれたら派遣するということで、メンバーは家を出た。滝村たちは済州新羅ホテルに戻った。

昼食が遅かったので、夕食はあとで集まってすることにし、その間はそれぞれカジノに行ったり、マッサージをしたりした。

滝村は疲れを感じた。やはり癌の影響があるのだろう。ベッドに体を投げると、びりびりと背中に電流が走った。

窓外は明るい。真下に見えるホテルのプールで泳いでいる人もいる。時々、若い笑い声が上がってくる。

滝村は日本に帰る前に、考えておかねばならないことはないか、と模索した。あと半年と思うと焦りではなかったが、どうも頭が回転しない。入浴して汗を流すとビールを飲んだ。日本のビールを選んだ。やはり美味しい。

葬式は身内だけのものにしたかった。世間的にそれが出来なければ、簡素な《お別れ会》にしてもらおう。

お世話になったある教授のお別れ会は、読経などはなく黙禱をささげ、友人や関係者の弔辞のあと、故人がアメリカ留学中から愛唱していた《思い出のサンフランシスコ》を流しながら献花するものであった。

簡素な告別式であった。これだけはなんとしても守ってもらおうと思い立つと、滝村は手帳を取り出してメモした。

流す曲はサラ・ブライトマンの《タイム・ツー・セイ・グッドバイ》にしようと思った。

その時電話が鳴った。

「シャチョウ、マライタカ。アソビニイッテ　イナイカト、オモッタ。コンヤ、イッテイイカ」

大きな声でびっくりしたが、昨夜の彼女であった。

「これから食事して皆で飲んで、カジノで遊ぶつもりだから、今夜は無理だよ」

「コンヤ　サービススルカラ。十時ニ　ヘヤニユクヨ。ワカッタカ」

と言うと電話を切った。滝村は苦笑したが、あと半年の命と思うと、いいではないかと考えると、なにか心が浮きたつものがあった。

夕暮れ時にメンバーは集まるとタクシーで海辺の魚料理店へいった。日本を出てまだ一日半なのに、もう日本的なものが恋しくなっていた。韓国の刺身はレタスみたいな野菜にタイやヒラメ、エビなどを包み、ニンニクをそえて味噌などで食べる。これが大変旨(うま)い。

明日は夕方の飛行機で発(た)つことになっていて、夕方までは自由時間で空港に五時に集合することになっていた。

メンバー五名のうち三人はゴルフ、一人は足裏、アロエ・マッサージなど、マッサージの梯子をすることになり、滝村は本で見たヨンモリ海岸の山房窟寺を訪ねたいと思っていたので、タクシーで島を半周することにした。

カジノで二時間粘(ねば)ったが、ルーレットで二万円負けた。

十時に部屋に帰ると彼女がダーク・グリーンのロングスカート姿で待っていた。

ビールで乾杯をした。

「今日はマッサージはしないか」

滝村は尋ねた。

「キョウハ　イイヨ。シャチョウハ　モンデモラウカ」

「今日は、僕もいいよ」

「ソレデハ　ウィスキーノミズワリヲ　ツクルカ」

その時、電話が鳴った。妻の由紀子からだった。

「あなた、無理はしてないでしょうね。体調はどうですか」

「あゝ、いいよ、ゴルフもちゃんと出来たし焼肉も刺身も食った。これから寝ようとしているところだ」

彼女が、そっと部屋のはずれの方に移動した。

「昨夜、優子に電話したそうですね。一週間前と同じことを聞いたり、日本へ帰ってこないかと言ったりで、あなたに何かあったのかと心配していましたよ。優子にあと半年の命などとは言ってないのでしょう」

「言っていないよ。少しアルコールがはいっていたので、優子の声が聞きたかっただけさ」

「あなたの病気だって、まだ確定したのではないでしょう。レントゲン技師とエコー技師が遠まわしに私に聞きにきましたが、私は一切知らないふりをしておきました。まだ癌でない可能性もあるのでしょう」

「いや、それは絶対ない。あさっての朝には何もかもはっきりする。そうなれば忙しくなるぞ。それからいろいろ相談しよう」

「忙しくなるなんて、私は絶対いやよ」

「風呂の湯を出しっぱなしでいるから切るぞ」

と言って滝村は電話を切った。

彼女が、そっと声をかけてきた。

「オクサンカ」

滝村は頷いて椅子に座った。

「マラ　イレルカ」

彼女がウィスキー瓶を持ち上げて言った。

「マラじゃなく、マダだろう」

「マタ　マチガエタカ」

と舌を出して、手で自分の頭をコツンと叩いた。

また電話が鳴った。

「ミーコですけど、お元気ですか」

「おーお、光子か。なんでお前、ここがわかったんか。そして、今どこから掛けているんだい」

「今、お母さんから聞いたばかり。アムステルダムから。三十分前にユーコから、電話があって、お父さんが気になることを言っていたから電話してみてくれと言うものだから」

「あ、、そうか。いまアムステルダムからか。そこは美しい街らしいね。ダイヤモンドを研磨している街だったね。お前たちは羨ましいね。世界を駆けているものね。僕なんか、韓国と台湾に行っただけだものね」

「長いこと働いたのだから、引退して世界旅行をしたら、世界にはいろいろ良い所があるよ」

「そうだね、そうしよう。決心がついたよ」

と言って滝村は絶句した。もう、あと半年の命、そのような日々はもう来ないのだと、がつんと意識させられた。

「どこも悪いとこないいんでしょう。医者だから、悪ければわかるもんね」

「そうだね、心配いらないよ。近いうちに帰ってこないか。ゆっくり話したいしね」

「わかった。なるべく早く帰るよ」

電話が終わると、彼女は氷を二個追加して、水割りを滝村に渡した。

「ムスメサンカ」

滝村は目をおさえた。

「シャチョウ　ナイテイルネ　ウレシイノカ」

光子の電話が嬉しかったのか、それともあと半年の命が悲しかったのか滝村にもわからなかった。その両方だろう。

「僕は泣いてなんかいないよ、今日の昼、焼肉を食べた時に油が目にはいって調子がわるいのだ。韓国の人は嬉しい時に泣くのか」

「カナシイトキガ　オオイネ。ワタシハ　カナシイトキハ　ナカナイ。ウレシイトキダケナク」

「なぜだい」

「カナシイトキ　ナイテイタラ　マイニチ　ナカネバナラナイモンネ」

滝村は彼女の言葉に衝撃を受けた。余程悲しいことの多い人生であるのか。今、韓国は国をあげて元気で、豊かな国になってきている。

「シャチョウノ　ムスメサンタチガ　ウラヤマシイ」

「何故だい、君にも家族があるのだろう」

彼女はしばらく黙っていたが、ウィスキーの水割りをひと口飲むと、窓際に行きカーテンをひらきガラス戸を開けた。

「ワタシノ　オトウサン　ワタシガ　ウマレルスコシマエニ　ベトナムセンソウデ　シンダ。ワタシ、オトウサンノコト　ゼンゼン、シラナイ」

滝村は彼女の顔を見きらなかった。ベトナム戦争のこと、そのベトナムに韓国軍が派遣されていたことも忘れかけていた。

「すまなかった。聞いてはならないことを聞いた。許してくれないか」

「シャチョウ　シンパイスルナ。モウ　ムカシ　ムカシ　ノコト」

滝村はパジャマに着替えてベッドに入った。彼女はバスを使った。電気を消していると彼女がバスから出てきて椅子に座った。

「君は〝近道〟という日本語知っているか」

「シッテイルヨ。エイゴデ　ショート・カット、ト　ユウネ。ゴルフデ　ツカウネ」

「君はゴルフをするのか」

「スコシダケネ」

「近道するのは好きか」

「ハヤク　ツクコト　アルケド、イソガバ　マワレ　トユウコトバモアルネ。ワタシ　ゴルフデモ　ナンデモ　トオマワリガスキヨ。チカミチ　シテ　イイコトナイヨ」

滝村は、また衝撃を受けた。では近道をせざるを得なくなった者は、どうすればいいのかと聞きたかった。

明日、山房窟寺に行き、島を一周は出来ないだろうが半周したいと彼女に言うと、それならレンタカーを借りて、彼女が運転して案内しようと言ってくれた。

朝、八時に目を覚ますと彼女は居なかった。

『十時ニクル　マッテテクレ』と四角い几帳面な字の置き手紙がテーブルの上にあった。

十時きっちりに彼女が、今日は白いパンタロン姿であらわれた。小さなピーコック・ブルーのオープンカーであった。

「今日ハ　ウスグモリダソウナノデ、オープンカーヲカリタヨ。風モナイソウデヨカッタネ」

彼女の顔は明るく輝いている。車の運転も上手である。済州新羅ホテルを出るとホテルのすぐ近くにある天帝楼に行き、歩いて美しい仙鑑橋を渡り、天帝淵瀑布を見にいった。亜熱帯林のなかに、島にしてはかなり大きな滝が淵に刺っている。遠くから見ると滝のあたりに青いヴェールがかかったように見えるが、滝の水の色のためだった。昔、七仙女が真夜中に密かにこの淵に降りてきて、髪を洗って遊んで昇天した、という伝説があるという。淵まで降りていった。水は澄んで冷たかった。

滝のはるか上の道路を車の往来が激しい。開発の真っ最中であることがわかる。

峠を越えて山房窟寺をめざした。雲が微かにかかっていたので、眩しい光や照り返しもなく、オープンカーのために風が快かった。

彼女はお金をためて、日本語の勉強のために将来日本に行くつもりだという。将来のため英語を学ぼうと思っていたが、どうしても英語が合わず日本語を選んだという。日本語の方が韓国語に近く、彼女には親しみ易いのだという。

峠にくるとサファイア・ブルーの海が目前に広がった。やわらかい明かりであったので、本当に目にしみた。海岸線が続き、岬や島や入江や川がはっきり見える。

人家はあまり見あたらない。

峠を降りていると山の中腹に山房窟寺への上り口の広場に着いた。おみやげ店と食堂があり、海辺に向けてベンチがいくつか居かれてあった。

山房山は標高三九五メートルあって、その中腹に山房窟寺があるらしい。見上げるとかなり厳しい岩山で山頂部に松などの緑がある。登り口にある丘から見おろすように海が広がっている。彼女は山房窟寺には行ったことがなかった。店の人に聞くと歩いて二十分ぐらいという。二人でゆっくり登りはじめた。道は石畳になってきっちり整備されていた。結構きつい勾配で、彼女は息があがりそうになっていたので、滝村が手を差し延べて引っぱるようにして登った。

「シャチョウ、マラ　ゲンキガイイネ」

とフーフー息をしながら言った。

「マラではなくマダでしょう」

「マタ　マチガッタカ」

とウインクした。

つづら折りを登ると行き止まりになって、倉庫みたいな岩石でできた洞窟があった。目が慣れると洞窟はかなり広かった。僧がふたりいた。ひとりは座禅を組んでいた。中はひんやりとしていた。拝観料を払って仏像を見た。高麗時代の創建とのことで、山の化身である山房徳という非常に美しい女性が、彼女に横恋慕した代官に夫を無実の罪で奪われそうになった。人の世の醜さにあきれた山房徳はこの洞窟にこもり、化石になったという伝説がある。

洞窟にころがっている石をさして、

「コレガ山房徳カナ」

と彼女が言って石の頭をなでた。

洞窟の天井からぽたりぽたりと水が落ちてきて石桶（いしおけ）の中に貯っている。長生きの水とのことで、これを飲むと長生きするとのことである、彼女が無邪気に、

「シャチョウ、コノミズノンデ　ナガイキシテクレ」と水を汲んだ柄杓を差し出した。

滝村は、受けとるとウインクして飲んだ。僕の体はもう癌に侵されて、どうしようもない状態なんだと告げたい衝動にかられた。

山房山を降りて茶店で滝村はビールを飲んだ。

彼女は済州島の歴史などにはあまり触れなかったが、第二次大戦が一九四五年に終わったあと一九四八年に朝鮮は南北に分断された。その年の四月に南朝鮮の単独

選挙に反対する済州島民の武装蜂起が起こり、八万人が死亡した。その死者の中に彼女の祖父もいたという。その二年後朝鮮戦争が起こっている。

観光客も殆どいない。

丘から見えるのは海、小さな島、海辺、小さな川、こんもりした丘、わずかの人家。半農半漁の大昔と殆ど変わらない風景であろうと思った。

静かである。穏やかである。

滝村もいろいろな景色を見てきたが、人間の源郷を見る思いであった。

「いい眺めだね、心が落ち着くね。まるで心の故郷（ふるさと）だね」

「ココロノ　フルサトカ。シャチョウ　イイコト　イウネ。春ノ菜ノ花ノココロハモットキレイダヨ。アノ黄色ヲ　ミタラ　ココロガ　オドルヨ。アマリキレイデアタマ　オカシクナルヒト　イルヨ」

日本では、月夜に蕎麦（そば）畑の白い花を見ると気がおかしくなるので、子供には見せるなという話をした。

「ソウカ、月夜ニ白い花カ。ソレモキレイダロウネ。月夜ノ白ト、昼間ノ黄色。ドチラモスバラシイネ。菜ノ花ノココロニ　コナイカ。マッテイルヨ」

「体が弱って、来れそうにないかもしれない」

「ナニイッテイルノカ。シャチョウ　マラ　ワカイ。マラ　ゲンキガ　ヨイ。ワタシ保障スルヨ」

彼女が真剣に滝村を見つめて言った。

滝村は苦笑した。

正午を過ぎていたが、まだ腹がすいていなかった。青い海と、緑の島影と白い砂浜を見ていると、獲り立ての魚が食べたくなった。

「ソレデアレバ、ワタシノオジイサンノ弟ガ、コノ先ノ浜デ漁師ヲシテイルヨ。ソコニ行ッテミルカ」

「そうか、それはいいね。一九四八年の武装蜂起で亡くなったおじいさんの弟さんだね」

「ソウダヨ。八十二歳ニナルケド、元気ニシテイルヨ。スコシハ弱ッテキタケド」

「何がとれるのかな」

「コノアタリハ鯖、鰺ガヨクトレルヨ」

「そうか、それは嬉しいね。僕の大好物でね。刺身にしてもらおう」

「ソノオジサン、三回癌ノ手術ヲウケテイルノ。ソノタビニ元気ニナッテイルノ。一年前ニ肝臓癌ガミツカッタケド、モウ手術ハウケナイ、ト言ッテソノママニシテイル。シカシ、元気ハヨク、魚ヲ取ッテイルヨ」

滝村は癌と聞いて衝撃を受けた。背中に痛みが走った。

道は幹線道路であるらしいが、至る所で拡幅工事が行われている。海岸沿いから松林に入っていった。ひっそりした入江に着いた。白浜の先の松林の中に荒屋が立っている。

滝村と彼女は車を降りて荒屋の方へ歩いた。

沖に小舟が一艘浮んでいて、こちらに帰ってきているように見える。

彼女が大声をあげ、手を振った。舟の人もこちらに手を振った。彼女の言う大叔父のようである。船着き場に着くまで彼女は声をあげ、手を振り続けた。日焼けした体は細身ではあるが、しっかりしていた。とても八十歳すぎには見えなかった。

彼女が紹介してくれた。

「おお、日本から見えた方か。よくおいでなさった。荒屋(あばらや)ですが、さあどうぞあがって下さい」

流暢な日本語で、先に立った。

網のなかで魚がはねている。

開け放された家屋のなかに潮風が吹き抜けている。一人暮しのようだ。

網から鯵を取り出すと、まな板にのせ鮮やかな庖丁さばきで刺身をつくり、大根と紫蘇の葉を刻んで添えてくれた。

「醬油にするか、塩にするか、それともレモンだけで食べるか」

と老漁夫が慈顔で滝村に尋ねた。

滝村はレモンにした。潮の塩味、しなやかな歯応え、レモンの爽風が一体となった味に滝村は溜息をついた。

「オイシイノカ」

彼女は心配そうにたずねた。滝村はうなずいた。

滝村はマッカリをたのんだ。

「日本語がお上手ですね」と滝村は老漁夫の日本語に感嘆して尋ねた。

「わしらは、生れた時から日本語で育ったから」と老漁夫は答えた。

滝村は、あっと声を出しそうになった。

「申し訳ないことをお聞きしました。許して下さい」

日韓併合のことを忘れていた滝村はわびた。

「何を言ってますか、もうとうの昔に終ったことです。わしは日本語は大好きなんだ。勿論、母国語のハングルは言うに及ばない。母国語を失くしたり、大事にしない国は滅びる。日本語はきれいで優しい、そしてとても美しいよ。今でも忘れないように、毎日、日本語の本を読んでいるよ。平仮名、片仮名は便利で、かわいい。それに、漢字がとてもよい。山、川、水、海、空、林、森、鳥、雲など字を見れば、姿が浮かんでくる」

それから、滝村と老漁夫の会話ははずんだ。滝村が九州人であることを知ると喜んだ。何十年か前に一度だけ日本に行ったことがあり、筑豊の町であった。子供の時の友達で、武装蜂起の時に日本へ難をのがれたという。

第二次大戦、武装蜂起、朝鮮戦争、ベトナム戦争、漁師になってからも何度も遭難して生死の境を越えてきたという。会話のなかで滝村が医師であることがわかると、老漁夫は六十歳をすぎてから、大腸、肺、胃と三度癌の手術を受けたことを語った。昨年秋には肝臓癌が見つかったが、もう手術は受けないと決心した。

今のところ自覚症状もないという。

滝村は自分も癌であることを告白したかったが、思い止まった。

「死ということは、怖くありませんか」

救いを求めるように、滝村は老漁夫に尋ねた。

「恐くないと言えば嘘に聞えるかもしれないが、私はこれまで戦争、遭難、癌と死線をさまよって、越えてきた。生きているのは運としか言いようがない。この激動の八十年をどうにか生きてきた。時代の流れを見てきた。それで、もういつ死んでもよいと言うのではない。五十五歳の時、この子の父親、わしの甥だが、ベトナム戦争で亡くした。その時考えた。亡くした家族、親族、友人、知人の数が、この世で付き合っている人達より多くなったのに気がついた。わしはその時からこの入江に越してきて、一人暮しをはじめた。それから癌の手術を三回うけた。生に固執するのではなかったが、現代医学という文明は素直に受けねばと考えた。昨秋、肝臓にいくつか転移しているのが見つかり、他の部位にもあるかもしれないとのことであった。それであれば、命を賭けた手術より自然死を選んだ。激痛が襲うようになれば、我慢せず鎮痛剤を使ってもらおうと思っている」

老漁夫は淡々と語った。彼女は涙ぐんでいた。

滝村は握手して、老漁夫と別れた。

「シャチョウ、アンタ　ナガイキスルヨ。漢拏山ガ顔ミセテイルヨ。ココカラ漢拏山ヲミタ日本人ハ　長生キスルト　イワレテイルヨ」

彼女は歩きながら南西の中腹を指さした。

かなたの雲の上に青い三角形の山が、本当に見えていた。

滝村は法話で須弥山(しゅみせん)の話を聞いたことがある。仏教の世界観で、世界の中心にあるという高山。大海の中にあり、頂上には帝釈天、山腹には四天王が住んでいて、日月がその周囲を巡るという。

済州島がその島ではないかと、滝村は思った。

滝村はオープンカーに歩いていった。

時空

紗貴子のことをずっと思い続けていると、私が孝弘兄さんから聞かされたのは、もう何年前のことになるのでございましょうか。

孝弘兄さんと紗貴子さんが乗っていた車がスリップして夜明ダムに転落し、二人とも亡くなってしまって既に十五年の歳月が経っていますものですから、それより前のことは確かなことでございます。

『紗貴子のことをずっと思い続けている』と言われた時、私は思わず孝弘兄さんの顔を見返したのを覚えているのでございます。今思えば、あれは孝弘兄さんと九酔渓に紅葉を見に行っての帰りの車の中のことであった、と思い出しました。

私が不思議に思ったのは、紗貴子姉さんは孝弘兄さんの妻でございましたから、結婚して毎日同じ家で暮らしていながら、自分の妻のことをずっと思い続けているなどと、欧米の人ならともかく、日本人の口からなかなか出る言葉ではございませんからね。

「紗貴子って、お姉さんのこと。まあ、お兄さんったら、お惚気(のろけ)をぬけぬけと」

と、私は孝弘兄さんの横顔を見詰めたのでございます。

夕陽にことさら栄(は)える紅葉を頬に映して、その顔は冗談を言ってるのでなく真剣そのものであることを私は感じましたので、それ以上、その意味を詮索するのを怖(こわ)く感じたのでございます。

その日、紗貴子姉さんは謡曲の大会で福岡に行っていました。雨だったのが午後から素晴らしい天気に回復してまいりましたので、孝弘兄さんから九酔渓に紅葉を見に行かないかと誘われての、帰りのことでございました。

これまで、私は孝弘兄さん、紗貴子姉さんと呼んでまいりましたが、本当のところ二人は、私にとって従兄妹(いとこ)に当たるのでございます。あとで詳しく述べますが、孝弘さんは父の兄の長男、紗貴子さんは父の長姉の子供であったのでございます。

そう、私は高塚美幸(みゆき)と申します。十年前までは日田の造酒屋(つくりざかや)の御内儀(おかみ)でしたが、今はひとり侘住(わびずま)いの身でございます。

ただ、私と、孝弘さん紗貴子さんとは年齢の開きが十歳以上ございましたので、私は二人を従兄妹であるのに、お兄さんお姉さんと、甘えて呼んでいたのでございます。

　孝弘兄さんは父親が若死にしましたので、私の父が孝弘さんを弟か実の子供のように育てたのでございました。それで、幼い頃から、ずっと私と孝弘さんは一緒の家に住んでいました。孝弘さんはとても優しい人で、よく私と遊んだり、勉強も見てくれていたのでございます。私が八歳の時に、孝弘兄さんは京都の国立の名門大学に入り、私にはよく分からなかったのですが、美学という学問を専攻したと聞いていました。

　大学に入ってからの孝弘兄さんは、故郷の日田に帰省することは殆どなかったと、私は記憶しているのでございます。その間に、孝弘兄さんと私には祖父母にあたる人達が、相次いで亡くなりました。孝弘兄さんは、その頃まだ家庭を持っていなくて、気儘な研究者生活を送っていたようでございます。

　私の父が造酒屋を継承していましたので、孝弘兄さんは、父から生活費の援助を受けていたようで、父が時々母に、『孝弘は何時までも子供で困る。一体何の研究をしているのか、さっぱり分からない』と愚痴（ぐち）を零（こぼ）していたのを陰（かげ）で聞いたことがありました。

だが、その頃は商売はうまく行っていましたので、甥に対する愛情の言葉と、幼い私にも分かっていたのでございます。

私が中学二年生の秋、そう十四歳の時でございました。修学旅行で私は京都を訪れました。秋の行楽の頃で、京都は大変な賑わいでございました。私が奈良から京都にバスで入った夜に、孝弘兄さんがひょっこり宿に訪ねて来てくれました。想像もしていませんでしたので、私はびっくりしたのでございます。夕食の後、皆でトランプなどして遊んでいた時でしたが、引率の先生が特別に外出の許可を出してくれましたのでございます。

宿の外に出ると、とても明るい月夜で、空を見上げますと満月が中空に、それは美しく輝いていたのでございます。宿の庭園の木陰に女性がひとり佇んでいました。背の高い、とてもきれいな人でした。それが紗貴子さんだったのです。

孝弘兄さんは、紗貴子さんを従兄妹と紹介してくれました。京都の大学で英文学を勉強しているとのことでございました。孝弘兄さんと従兄妹であれば、私とも従兄妹にあたる筈ですが、どんな関係なのか聞くことなど思い付きもしない年頃だったのでしょう。

その夜は仲秋の名月だそうで、大覚寺の近くに泊まっていた私を誘って、孝弘兄さんと紗貴子姉さんと三人で大覚寺に観月に参りました。

大覚寺の大沢の池の観月は、三井寺の琵琶湖、興福寺の猿沢の池、と日本三観月と言われているそうでしたが、まだ中学生であった私にはその意味もよく理解できませんでした。大きな寺院が広々とした庭に幾つも繋がったように建っていました。玉砂利をかなり歩くと大きな池があり、そこに観月の船が二艘浮かんでいたことなどを微かに覚えているぐらいでしたが、大覚寺のもつ歴史と申しますか、伝統とでも言うのでしょうか、とにかく奥深く重厚なものを感じたのでございます。

孝弘兄さんと紗貴子姉さんは、私の見たところあまり親しい仲ではなかったようでございました。と申しますのは、従兄妹の間柄でありながら言葉使いも遠慮がちでしたので、私は不思議に感じました。

修学旅行から帰って、私は母に孝弘さんと紗貴子さんの関係を尋ねたのです。孝弘さんの父と私の父は兄弟ですが、紗貴子さんのお母さんが長姉で、四国に嫁いでいて、その人の娘が紗貴子さんとのことでございました。あの頃は四国といえば交通の便も悪く、どちらかと言えば交際は疎遠であったようでした。

大覚寺のことから数年後に孝弘兄さんと紗貴子姉さんが結婚することになり、私は驚いて母に尋ねたのでございます。従兄妹同士の結婚もないことはないと思いましたが、近親結婚の部類にはいると思いましたし遺伝的に弊害が生じる可能性もあると、私なりに心配したからでございます。私の心配に対して、母はなかなか口を割ろうとはしませんでした。

　孝弘さんと紗貴子さんの結婚が、私にはなぜか尋常なこととは思われませんでしたので、しつこく何度も母に迫ったのでございます。母は最初のうちは逃げ回っていましたが、私の執拗さに観念して、誰にも口外しないことを条件にして、初めて打ち明けてくれたのでございます。

　二人の結婚に関して、世間的には正に従兄妹同士のことでしたから、母も世間口を気にしていたようです。私のしつこさもありましたが、母は私に本当のことを知らせておきたい気持ちもあったようでございます。

　四国に嫁いだ紗貴子さんのお母さんの美代さんは、すぐ長男を出産したのでございますが、その翌年に退(の)っ引(ぴ)きならぬ事情があって、生まれたばかりの女児を実の子供として貰い受けねばならなくなったのです。日中戦争から太平洋戦争に進む時代のことで、世間的にも色々な事が起っていた頃であったようです。その女児が紗貴子さんであったのでございます。紗貴子さんは由緒(ゆいしょ)ある立派な家柄の出であることを、母は私に何度も念を押しました。母はまだ他のことを知っていたのでしょうが、それ以上のことは金輪際話してくれませんでした。

今、こうして私が、もう十数年前に亡くなった、私にとっては表面的には従兄妹同士でありました孝弘、紗貴子夫妻のことをお話ししようとしていますのには、思い掛け無い出来事があったからでございます。

今年のお盆すぎのまだ残暑の厳しい日に、東京で大学生活を共に送った旧友から便りがありました。それには、九月末の仲秋の名月の日に、京都嵯峨の大覚寺の観月会に一緒に出席しないかという誘いでございました。彼女は随筆家として一家をなしていて、昨年から京都嵯峨御流の大覚寺嵯峨流・華道総司所から月刊誌として発行している『嵯峨』にエッセイを連載していて、私にも毎月送ってくれていたのでございます。

総司所が毎年、御流関係者のなかから年に一回だけ観月会に招待することになっているらしく、彼女に招待状が来て一人だけなら随伴してもよいとのことで、私に声を掛けてくれたのでございます。

大覚寺という字を見まして遠い昔に何か記憶があったように思い、しばらく考えた末、中学時代の修学旅行で京都に行った時に孝弘さんと紗貴子さんに連れられて大覚寺に観月に行ったことを思い出したのでございました。

　大覚寺のことも仲秋の名月の風情なども殆ど記憶に残ってなかったのですが、孝弘兄さん、紗貴子姉さんのことが凄く懐かしく感じられて、二人との思い出の地にぜひ行きたいと考えましたら、それが俄に募り始め、もうどうしても我慢できなくなり早速彼女に申し入れたのでございます。

　その日から観月会まで一ヵ月以上もありましたが、私の心は大覚寺に飛んで行っていたのでございます。

　近所の知人に話しますと、確かに仲秋の名月の頃のほんの二、三日は観光ツアーなどで大覚寺にはいれるようですが、大覚寺総司所からの招待日は年に一日だけで、それも相当に深い繋がりでもなければ入れて貰えないと、大変に羨ましがられたのでございます。

　それまでも忘れてしまっていたのではありませんでしたが、大覚寺観月会の件から、私は孝弘兄さん、紗貴子姉さんのことが懐かしくも、またある面、何か底知れぬ悲しみをもって思い出されたのでございました。

　修学旅行先を訪ねて来ていただいた時、私は初めて紗貴子姉さんにお会いしたのでございました。とても深い優しさを湛えた方と感じました。その後、私は郷里の高校を出て、東京の大学の英文科に進みました。私が東京で在学中に孝弘兄さんと紗貴子姉さんの結婚が決まったという知らせが入り、先に述べましたように、従兄妹同士の結婚への疑問を執拗に母に糺したのでございます。

その頃二人は、孝弘兄さんは京都の大学に残って美学の研究に勤しんでいましたし、紗貴子さんは京都の女子高の英語の教師をしていたのでございました。結婚を前提に交際していたなど、私は聞かされてもいませんでしたので、本当に奇異に覚えたのでございました。

結婚式には私も招待され末席を汚したのでございました。私は孝弘さんとは、実の兄のように慣れ親しんできましたので、孝弘さんも私を式に呼んでくれたのでございましょう。

式と披露宴は京都のホテルで行われました。新郎・新婦二人が師と仰ぐ方と、極親しい学友しか呼んでなく、質素なものでございました。

従兄妹同士の結婚でしたから、郷里では為し難かったこともあったのでしょう。しかし、何よりも私を驚かせたのは、紗貴子さんが右足を引摺り、歩くたびに少し右肩が落ちていたことでございました。

純白のウェディングドレスに身を包んだ姿は私が大覚寺でお会いした時と少しも

変わらず、すらりとした美しい姿でした。私は驚いて傍の母に、紗貴子さんの足はどうしたのかと尋ねたのでございます。

母は私には秘密にしていたようですが、紗貴子さんは山歩きをしている時に谷に足を滑らせ骨折して、あんなになったのよ。と気の毒そうに言い、あなたには知らせてなかったかね、と言ったのです。

まあ、そんな大事なことを知らせてくれないでと、私は母を睨むように見たのでございます。

そう言えば、孝弘さんも、紗貴子さんもワンダーフォーゲル同好会仲間であると昔聞いたことを思い出したのでありました。

紗貴子さんは、後を登ってきていた孝弘さんに助けられたのよ、と言い、その時、結婚披露宴が始まりましたので、母との会話は、そこで終わってしまいました。極めて親しい恩師と友人と親戚だけの宴でしたので、それは静かなものでございました。孝弘兄さんと紗貴子姉さんが歴とした従兄妹同士であることは、親戚以外には知る人はないようで、二人の仲をワンダーフォーゲル同好会の取り持つ縁との、お祝いの言葉がありました。

それによりますと、紗貴子姉さんは三年前の秋の休日にひとり、軽装で比叡山の大岳の山歩きを楽しんでいましたら、山から突然鹿が飛び出して、紗貴子さんを襲うような状態になったために、逃げたところ、崖下に転落したのでございます。

その日は夕方から小雨が降りはじめて、比叡山は既に薄暗くなっていて、人通りもなく崖下で紗貴子さんは、痛みのために声も出せないでいたのです。そこに孝弘兄さんが、その日偶然にも比叡山を歩いていて、紗貴子さんの声を聞き、崖下の紗貴子さんを助け出し通りかかったタクシーで病院に連れていったとのことでございました。

紗貴子さんが、命の恩人である孝弘さんと結ばれることになったのは、まさに天祐であり、この上ない前世からの因縁と申すべきでしょうと、その方が挨拶を結びましたのでございます。

宴会は一瞬静まりましたが、後は、大変な拍手でございました。

私も大変感動いたしたのでございます。

偶然とはいえ、紗貴子姉さんの後を追うように孝弘兄さんが比叡山を登っていなければ、紗貴子さんは命を落としていたかもしれません。僥倖という言葉そのもの、と私は思ったのでございます。

雛壇に西洋人形のようにかわいく座っている新郎・新婦は緊張のあまりか、笑顔も少なく、何故か静まりかえっているというのが、今でも私の記憶している印象でございました。

　二人の結婚に関する私の記憶はここまででございました。従兄妹でありながら本当は血の繋がりのなかった二人が、大変な出来事が縁で結婚したことを、私は素直に受け止めていました。東京で学生生活を送り、東京の私立女子高の英語の教師の気儘な生活をした後、私は二十五歳の時に故郷に呼び戻されました。私は地元では老舗の造酒屋の一人娘でございました。両親は将来私に然るべき婿養子をとり、私に家督を継続させる心積もりであったし、わたしも重々承知していました。

　しかし、女性の身のこと、造酒屋のことを誠心こめて勉強する必要もなかったのでございましたから、私は地元の女子高に英語の教師として再び勤めることになりました。

　そんな生活が半年も経った頃に、孝弘兄さんと紗貴子姉さんが、京都から地元日田に越してまいったのでございます。

　もともと孝弘兄さんはこの地の出でございましたので、故郷に戻ったという自然な感じがあり、地元の人々も歓迎してくれました。

私は嬉しくて仕様が無かったのです。二人が故郷に積極的に戻って来たのか、それとも京都に住むのが難しくなって移住してきたのか、とても私が立ち入る問題ではありませんでした。

孝弘兄さんは、自身も私も卒業いたしました、地元では名門のH高の美術の先生になり、紗貴子さんも私立の女子高の英語の先生になったのでございます。

私が結婚いたしましたのは、二人が故郷に移り住んで三年後のことになります。私には、同級生の友達も居ましたが、あの当時は、二十二、三歳になれば殆ど結婚していました。私はひとり取り残されたようになっていましたので、よく孝弘兄さん、紗貴子姉さんの元に遊びに行ったのでございます。

そう、紗貴子さんとは、大覚寺と結婚式の時にしか会ったことがなかったので、故郷に越してみえてから、本当に親しくなったのでございます。

紗貴子さんは足が不自由でしたが、とても優しく温かい人柄で、機知(きち)に富んでいて、私はその魅力の虜になり、それから、紗貴子さんを自然というかいつの間にか紗貴子姉さんと呼ぶようになっていたのでございます。

二人共、都会的センスに溢れ、一方では京都的と申しますか、日本古来の文化にも精通していらして、毎日毎日が勉強の日々のような感じで、それは楽しく、揺籠(ゆりかご)

に乗っている夢のような日々でございました。

さて、前置きが長くなって申し訳ございません。

私が旧友のエッセイストに誘われて大覚寺の観月会に出席したのは今年の九月の末の金曜日のことでございました。仲秋の名月の数日前のことでしたが、大覚寺本社の招待日は年に一日だけのことのようで、名月その日よりすこしずらした方が、本当は観月の興（おもむき）があるのかもしれません。

新幹線がその日少し乱れましたので、私は京都駅からタクシーに乗りホテルに荷物を預けてそのまま大覚寺に参りました。

曇（くも）り勝（が）ちの日でしたが、夕方から雲も薄くなり始め西空は夕映えになってきていました。見上げると中空近くに幽かに月が見えていました。二十数年前の中学の修学旅行以来の京都の嵯峨でございましたが、町中の様変（さまがわ）りに比べ嵯峨あたりになりますと驚くほどに昔と変わらぬ景観を保っているのでございます。

京都がいかに自然を大切にして景観を保持しているかがわかり、感激で心が震える程でございました。

大覚寺の門を入ると、友人が受付で待っていてくれました。玉砂利を踏んで境内を進むと大きな寺院が立ち並ぶ広い庭園に縁台が沢山置かれ、既にかなりの人が腰掛けて談笑したり弁当を食べたりしていました。

静けさの中に、どこか華やいだものを感じました。友人は大覚寺には時々来ているらしく、大覚寺について詳しく知っていました。

大覚寺は五大明王(ごだいみょうおう)を本尊とする真言宗大覚寺派の大本山とのことでございます。嵯峨天皇が造営された離宮・嵯峨院の跡地を寺にしたもので、鎌倉時代に後嵯峨上皇、亀山法王、後宇多上皇が相次いで入寺して大覚寺派を形成し、南朝方の皇統となって持明院派の北朝と対立しましたので、正しくは旧嵯峨御所大覚寺門跡と称されているのでございます。

私たちが通りました大寺院は、寝殿を中心に客殿、御影堂、安井堂、本堂の五大堂であるのでございます。

夕明かりが残っていましたので私たちは周囲一キロメートル程の大沢の池を、今のうちに一周しておこうということになりました。湖面は夕映えで赤く染まって、微(かす)かな秋風に小波(さざなみ)が立ちとてもきれいでした。

中国の洞庭湖(どうていこ)をモデルにしたとかで、周囲には四季折々、菜の花、桜、新緑、紅葉と、それは楽しませてくれるとのことでございました。暮れる前にと少し急ぎ足で回りましたが、歩くごとにいろいろ景観が変わり、それはそれは気持ちの良いものでございました。

　遊歩道に明かりが灯り、それが池面に映り、そよ風に揺れていました。月はやっと東の中空に出番を待つように秘かに浮かんでいたのでございます。

　私達は庭に戻り、受付で戴いた券を弁当と飲物に換えて縁台で食べました。友人との間には積る話もありましたが、これから盛り上がっていく観月の会の迫力に押されて、二人静かに食事をするだけでした。

　宵が迫ってくると、各所のライトに灯がはいり、本堂がライト・アップされて大覚寺大本山本部から開会の挨拶があり、儀式が始まりました。

　それは厳(おごそ)かなもので、私は唯々(ただただ)幽玄の世界に陶酔していたのでございます。

　友人は有名なエッセイストでしたから、知人も多く、声を掛けてくる人も沢山いて、私は大変心強く思ったものでした。

　儀式が終わりますと、人々はそれぞれ動き回り始めました。このあと本堂では、有名なグループサウンズのコンサートがあるようで、その間、私たちは寺院の重要文化財に指定されている狩野派の障壁画を見て回り、大沢の池を眺められる寺堂で抹茶をご馳走になっていました。

　暗い池面の端に辛うじて月が映っていました。満月に近い十三夜の月でございました。

友人に、私も写真では知っています女流作家が寄ってまいりまして、親しく話し込んできました。その時に池に竜頭(りゅうとう)船と鷁首(げきしゅ)船が現れました。友人が、出てきたわよと教えてくれました。仲秋の名月の観月の夜、一隻は龍の頭、他の一隻は、鵜に似て羽の色が白いという想像上の水鳥で、よく大空を飛び水にも潜るという、天子の船の舳先(へさき)にこの鷁の首を彫刻したものをつけた船を池に浮かべて遊ぶという、平安絵巻そのものでございました。

私は話し込んでいる友人に断って船に乗りに行きました。

池を半周ほどすると交互に戻って客を乗せて出発するのです。長い列ができていましたが、一隻に三十名ぐらいは乗れますので、私は鷁首船に乗りました。池面にやっと月が映っていましたが、薄雲のせいでぼやけていました。さすがに、平安絵巻を思わせる優美な船遊びでございました。やがて雲が去り池面にはっきりと月が映りました。

皆も思わず、感嘆の声をあげました。

さざ波が起こると水面の月がゆれ動いて、平仮名の草書のように見えたりしました。案内人の言葉と艪(ろ)を漕ぐ音以外は、しいんと静まりかえっていました。船内でも殆ど会話もなく皆押し黙って、ただ月と池面を眺めている状態でした。

その時、私は月というものは暗い夜に出るせいもありますが、本来とても淋しいもの、悲しいもの、あるいは厳しいもの、怖いものと感じたのでございます。そして、連動するように孝弘兄さんと紗貴子姉さんのことを思い出したのでございます。


蒼白い月光のなかを三人で大覚寺の境内、大沢の池の周りを歩いた、と私は思っていましたが、どうも定かでないのです。怖いように青ざめた月と、境内の寺院や池の周囲の樹陰の闇の深さで、私には月がきれいというより、月の持つ寂寥と恐怖感の方が印象に残っているのでございます。

それを思う時、あの夜、突然私の目の前に現れた孝弘兄さん、紗貴子姉さんの二人が後で結ばれるなど想像もつきませんでしたが、何かあの二人の人生と申しますか、運命に同じような不安感を、私はあの時既に感じていたように、今、思うのでございます。

二十数年ぶりに大覚寺を訪れて、人間の記憶、特に若い頃の記憶など浅はかで当てにならないものだと、つくづく感じたのでございます。大覚寺にしても、大沢の池にしても、私には外観、実体の記憶は全くなく、残っているのは、三人で歩いた夜の寂寥と恐怖と、人間の運命への不安感だけでございましたから。

二十数年前のあの夜、孝弘兄さん、紗貴子姉さんは、どんな思いを抱いていたのか、と私は思いを馳せたのでございます。

あの時、二人は後に結ばれることになるとは二人とも夢にも思っていなかったのではないかと、あの時の二人の動作、表情から忖度したのでございます。いや、それとも内心では、そのような感情の萌芽があっていたのかもしれないと、突然、私は感じたのでございます。

その時、横に座っていた人が他の人と入れ替わり、その人が私に声を掛けてきたのでございます。

振り向いて私は驚きました。なんと、従姉妹の多代さんだったのでございます。母の上の姉の長女でしたが、母は末娘でしたので従姉妹でも多代さんと私は十歳の開きがありました。だが、近くに住んでいましたので、子供の頃よく多代さんには可愛がってもらったものでした。そう、孝弘兄さんや紗貴子姉さんとは義理の従姉妹の関係になりますので、直接血の繋がりはありませんでした。孝弘兄さんと多代さんのことは後で述べますが、紗貴子さんと多代さんは、年齢も同じぐらいでしたが交際は殆どなかったように、その時私は思っていました。

多代さんから声を掛けられた時、私は本当に驚きました。『闇夜の礫』ということわざがありますが、月は皓々と照っているのに、闇から突然礫を投げつけられた思いでございました。

乗船する時から、多代さんは私の存在に気付いていたようですが、あまりに私が物思いに沈んでいるように見えたので、声を掛けきれずにいたとのことでございました。多代さんは東京に嫁いでいましたので、なかなかお会いできる機会がなく、年賀状の遣り取りと冠婚葬祭の時にお話しするぐらいのことでした。

私はとても多代さんに懐かしさを覚え久しぶりにお話ししたいと思い、二十数年前に孝弘兄さんと紗貴子姉さんと私の三人で大覚寺の観月をしたこと、そのことを懐かしく思って、この度、観月の会に参加したことを話すと、多代さんは大変驚きました。船を降りる雑踏のなかで、偶然にも同じホテルに宿泊していることがわかり、午後九時に地下のレストランで会うことを約束したのでございます。

エッセイストの友人は私とも話したいことはあったようですが、大覚寺関係の仕事もあり、多代さんの出現で却って私に対して気楽になったのか、大覚寺の会の方へ出ていきました。私はホテルでシャワーを浴び、地下のレストランに行きました。

多代さんが待っていてくれました。二人とも大覚寺の弁当で食事していましたので、レストランから隣のバーの方へ移ったのでございます。

暫くは、久闊を叙する挨拶をしましたが、私が今夜、大覚寺を訪ねたもとになりました、孝弘兄さんと紗貴子姉さんの話になってまいったのでございます。

孝弘兄さんと紗貴子姉さんが、私が中学生時代の修学旅行の時に旅館を訪ねてきて、一緒に大覚寺と大沢の池を散策したことを、多代さんは全く知らなかったようでございます。

「あの頃、私も京都の大学の家政科に通っていたのに」と、多代さんは少し不審そうな顔をしました。

多代さんも紗貴子さんと同じ京都の女子大を出ていました。学年は紗貴子さんが一年上でございました。

今夜の観月会に、多代さんがどういう関係で出席しているのかを、私は尋ねました。

この数年、多代さんは、ご主人が公務員を定年退職して時間が取れるようになったため、華道の先生の手伝いをしていて、その先生が嵯峨御流で先生の誘いで初めて観月会に出てきたとのことで、将来御流の師匠になりたい意向を持っているようでございました。

京都の女子大に四年も通いながら、この大覚寺には来たことがなかったと、多代さんは恥ずかしそうに首を竦めました。

その時、多代さんの動作が、どこか紗貴子姉さんに似てるのを感じましたので、そう申しますと、

「まあ、それは光栄だわ。紗貴子さんはとても綺麗でしたから。それにとても素敵な孝弘兄さんと結ばれたのだから、私なんぞとは作りが違うわよ」

と笑いながら言いました。

その笑い声も、また私の記憶の紗貴子姉さんに似ていたのでございます。若い頃に全然気がつきませんでしたが、他人の空似でございましょう。義理の従姉妹にはなりますが、全然血の繋がりはない筈でしたから。

「孝弘さんと紗貴子さんが夜明ダムに転落して亡くなったのは、あれは事故でなく、心中ではなかったの」

と突然多代さんが、顔色も変えず言ったのです。

「まあ、何ということを多代さんは、仰しゃるの。あれは警察の調べでも、雨に濡れた道にタイヤが滑っての事故と断定されたではありませんか。遺書もなかった

し」

私は懸命に反論いたしました。

「遺書のない自殺というのもあるものよ。書くに、書けないこともあるのよ。人生には」

「あんなに愛し合っていた二人に、秘密などあろう筈がないではありませんか」

「美幸ちゃんごめんね。あなたみたいな純粋な方に、こんなこと言って。私、どうかしているわね。今言ったこと、私の想像でしかないのよ。孝弘さんと紗貴子さんの二人、あまりにも愛し合っていたので、そういう人達はちょっとしたことで、突然死に走ることもあるらしいの。二人とも優しく纖細でしたからね。私の言ったこと、美幸ちゃん、忘れてしまってね。ごめんね、こんな素晴らしい観月の夜にね。カクテルでも飲みましょうか、美幸ちゃんも飲めるのでしょう。貴方の家系皆飲めますものね」

多代さんは少し不味くなった雰囲気を変えるように言いました。

長年会わないうちに多代さんも、砕けたと申しますか、物馴れした人に変わってきた、と私は感じたのでございます。華道という華やかではありますが、内面、どろどろとした世俗的な動きもある社会で、鍛錬されてきているのかもしれないと思ったりしたのでございます。

バーのカウンターの前面は横長い広いガラスになっていて、外には人工の滝が設えられライトアップされていて、とても気持ちの良い眺めになっていました。

「口が滑って、あんな厭なことを言ってしまった。今夜の月が悪かったのよ」

カクテルを飲みながら多代さんが話し始めました。

「子供に月光を浴びさせるなとか、月夜に蕎畑の白い花を子供に見せると頭が変になるなどと、昔から言われているわよね。月はきれいなのだけど、不気味なところもあるわね。今夜みたいな月を、特に観月の名所、大覚寺の大沢の池で見ると、本当に頭が変になる。先程のこと、月が私に言わせたのよ、そう思って許してね」

真顔で多代さんは、私に断ったのでございます。

「いいのよ。確かに月には、そういう魔力がありますものね。私も、孝弘さんと紗貴子さんに連れられて大覚寺に行ったのだけど、あの時、二人が後に結ばれることになるとは夢にも思っていなかったの。だけど、二人は結ばれたのよね。でも、あのカップルは本当に幸せであったのだろうか、などと良からぬことを今夜は考えましたからね。普段考えもせぬことを思いついたのは、あの月光のせいかもしれませんね」

私は、ああ、不味(まず)いことを口にした、とすぐ後悔したのでございます。

「まあ、美幸ちゃんみたいな、孝弘さんと紗貴子さんの幸せをまのあたりに見続けていた人が、そんなことを言うなんて、それどういうこと」

早速多代さんが詰め寄ってきたのでございます。

なんとなく、そう感じたとの言い逃れはとても無理なようで、長い間不思議に思っていたことを、つい述べたのでございます。

もう二十数年も前のことで、九重の九酔渓の紅葉を見に行っての帰りの、孝弘兄さんと私だけの乗用車の中で、孝弘兄さんがふと漏らした、『紗貴子のことをずっと思い続けている』という言葉のことを、多代さんに告げざるをえませんでした。

「まあ、思い続けているなんて、二人は結婚して毎日一緒の家に暮らしていたのでしょう」

多代さんが少し興奮した高い声で、私に聞き返しました。

結婚して七、八年は経っていた頃でしたので、私は頷きました。その時は、まだ私は独身で、その翌年に結婚したのでございます。

「大好きな人と結婚して思いを遂げたのですから、普通なら、特に日本人でしたら、そんな言葉を吐くことはないでしょうに。孝弘さん余程紗貴子さんに惚れていたのでしょうね。羨ましいわね。そんなに愛されたら」

多代さんは心持顔を赤らめて揶揄でなく、心から述懐しているのだと感じたのでございます。

「それで美幸ちゃん、孝弘さんに何と言ったの」

私は返答に窮しましたが、有りの儘に、

「まあ、孝弘兄さんって、ぬけぬけと惚気るのねと冷やかしたけど、孝弘兄さんの真剣な横顔に言葉も凍り付くようになってしまったの」

と、その時のことを正直に言ったのでございます。

「そう、孝弘さん、そんなことを冗談で言う人ではなかったから、心の奥に秘めた何かがあったのかもしれないね」

多代さんが遠くを見つめるような目付きで言いましたので、私は驚いて多代さんを見返したのでございます。

「多代さん、何か知っているの。多代さんと紗貴子さんは同じ歳でしたから、私よりいろいろ知っているのでしょう」

私は多代さんは何か知っていると直感しましたので、食い下がろうとしたのでございます。多代さんと紗貴子とは交際が殆どなかったと思っていましたので、意外に感じたのです。

私は少し酔ってきていて、多代さんもそのように見えましたので、つい気が弛んで、前からずっと不思議に思っていたことを尋ねたのでございます。

紗貴子さんが比叡山を山歩き中に、足を滑らせて骨折して動けないところを、偶然に通りかかった孝弘さんに助けられ、その後、紗貴子さんは足が不自由になった。普通では足の不自由な女性を嫁にする人はそうはいませんのに、孝弘兄さんは何故、従姉妹の紗貴子さんと結婚したのかと尋ねたのでございます。

多代さんは私の質問が心に堪えたようで、暫く黙っていましたが、

「愛すれば、どんなことも我慢というか、容認できるのではないの」

と少し淋しそうに、しかし厳しい口調で答えたのでございます。

「孝弘さんが紗貴子さんを無理に山歩きに誘い出し、結果的にそれが事故に繋がって、その責任を取ったというのなら、よく分かるけどね」

今度は少し皮肉っぽい口調で言ったのでございます。

「まあ、そんなことはないでしょう。縦(たと)えそのようなことがあっても、同情と愛情は別で、孝弘兄さんも紗貴子姉さんも、そのような情に流される人ではなかったわ」

私は少し向きになって反論しました。

「まあ、美幸ちゃん、そんなに感情的にならないで。あなたと孝弘さん、紗貴子さんの所縁（ゆかり）の大覚寺で、今夜私と美幸ちゃんを偶然に出会わせてくれたのも、孝弘さんと紗貴子さんの御陰（おかげ）よ。楽しく二人の思い出話をしましょう。そうそう、日田はどうなの、今でもきれいな町でしょうね」

多代さんは話題を変えてきたのでございます。

日田は、私が生まれ育ち、今でも住んでいる大分県西部にある盆地の町で、小京都と呼ばれている山紫水明の地でございます。全国には沢山の小京都があるようですが、日田はその中でも盆地を形作る山々がとても京都に似ていますし、川が幾本も流れ込んでいて、水もきれいなのです。ダムと水力発電所ができて、水量は減っているのでございますが。

その日田で、父の家は代々造酒屋をしていたのでございます。父は長兄とは歳の離れた次男でしたが、長兄が若死にしたものですから、父が家業の跡目をつぐことになったのでございます。

私の母は日田から少し離れた隣県から父のもとに嫁いできたのでございます。

孝弘さんは父の長兄の長男で、本来なら家督を継ぐ人でしたが孝弘さんの父親が若死にし、母親は別に嫁いでいきましたので、私の父が孝弘さんを育てたのでございます。紗貴子さんは父の長姉の長女で、叔母は遠く四国に嫁いでいましたので紗貴子さんと私は従姉妹になりますが、全く会ったことはありませんでした。

が、母からその美しさはよく聞かされていました。多代さんは母の長姉の長女でした。私とは血の繋がった実の従姉妹ですが、孝弘さん、紗貴子さんとは義理の従姉妹とでもいうのでしょうか。多代さんの家は県は違いましたが隣村でしたから、幼い頃からよく私の家に遊びに来ていましたので、孝弘さんとはとても仲が良かったのでございます。

「春休みや夏休みには、美幸ちゃんの家でずっと過ごしていたものね。毎日のように三隈川や花月川に遊びに行ったの。今でも亀山公園からの眺めは素晴らしいでしょうね。私はいま東京の都心に住んでいるのだけど、ビルばかりで無味乾燥。やはり山が見えないと、どうしても心に潤いがないの。京都も盆地だから微かでも遠くに小高い山が見える。日田は小さな盆地だから、どこからでも必ず山が見える。それも京都と同じようになだらかな山々だから、とても気持ちが晴れるの。今でも日田の景色を夢見るのよ。美幸ちゃんが羨ましい」

先程の孝弘兄さん、紗貴子姉さん中心の話から話が逸れてきたのをわたしは喜んだのでございます。

なんとなく深刻なことに及びそうな時でしたので、私はほっとしたのでございます。本当に多代さんは、よく私の家に遊びにきていて、楽しく遊んでもらいました。

多代さんは明るい性格でいつも笑顔を絶やさず楽しく振舞っていましたから、私の父も母も多代さんが大好きで、私に多代さんのように誰からも好かれるようになりなさいと、よく言われたのでございます。

多代さんが懐かしいと思った頃の日田は、本当に好い時代の日田であったのでしょう。

私も中学の修学旅行の時に初めて京都を訪れ、大覚寺の仲秋の名月を孝弘さんと紗貴子さんとで観た後も、いろいろな行事や家業の関係で京都には来ていましたが、大人の眼と申しますか、まあ落着いた眼識（がんしき）で京都を見たのは今度が初めてと申してよいでしょう。

大覚寺の観月の宴は申すまでもございませんが、夕暮時の嵯峨の里を通りました時に、京都という街に途轍もない魅力を覚えたのでございます。

ホテルは鴨川畔の二条大橋の袂でしたので東側に大文字山が、東北寄りに比叡山などがすぐ近くに見えました。しかし、それらの山々が東山三十六峰と呼ばれているとは、後でタクシーの運転手さんから聞いたり、地図を調べたりして知ったのでございます。タクシーに乗って街中を西の方へ進み始めますと、すぐにビル街になり、山が見えなくなりました。日田の街であれば、どちらを向いても山が見えますが、さすが京都は大盆地であり、ビルの林立する大都会でありますので、山も見えないこともあるのを知りました。

しかし、暫くしますとなだらかな山々が見えはじめ、ほっとしたのでございました。高い山ではないので、心が和(なご)みます。市街を離れてくると段々家数が少なくなり、田畑や植樹園みたいなものが多くなってきて、本当に襖一枚開けると別世界かと思える程に静かな田園地帯に入り、私たちが子供の頃に見た田舎の風景が広がり、運転手さんによりますと、昔の景観を残すために厳しい規制を行っているとのことでございます。

私は車を止めて貰い、夕闇が仄かに漂いはじめた山裾の道に佇(たたず)み田畑で藁を焼く静かな光景に見入りました。

その時、私は、広大な京都盆地に比(ひ)すべきものではありませんが、日田盆地も例えば京都盆地の北西部の嵯峨野の一帯と思えば、正に、小京都と言えると思ったのでございます。日田の佳さを、私は京都訪問によって知らされたのでございます。

「孝弘兄さんと紗貴子姉さんは何故、京都から日田へ移り住んだのかな」

私の口から思わず出ました。

「なんと言ったの」

多代さんがびっくりした様に私を見ました。

それは質問を聴きとれなかったのではなく、質問に答えることを躊躇するものがあったのでは、と私は感じたのでございます。

「うーん、そのあたりの事情は私もよく知らない。二人が結婚した少し後に、私も京都を去り東京に出ましたからね。二人とも京都でちゃんとした仕事をしていたしね。日田の景色が恋しくなったのではないのかな。孝弘さんは、とても日田を愛していましたからね。京都に住みたくなくなった理由も、住まれなくなったようなこともなかったと思う。孝弘さんと紗貴子さんの当事者にだけしか分からないことってあるのよね、美幸ちゃん。あまり考え過ぎない方がよいのよ。所詮、他人には分からないことよ」

投げやりと申しますか、自嘲げの笑いでごまかすように私にはおもえましたが、それ以上追求することが憚られ、また夜も更けてまいりましたので、多代さんとお別れして、部屋に戻りました。

翌朝、空が明るむのを待って鴨川岸辺に降りて行くと、多代さんも来ていて、すっきりした顔で挨拶をしました。

「昔、鴨川沿いを孝弘さん、紗貴子さん、私でよく歩いたものよ。今みたいに、きれいに整備されていなかったわ。あの頃は本当に楽しかったけどね」

多代さんは川面を見つめて寂しそうに言いました。ジョギングする人、犬を連れて歩く人と、色々の人達が早朝から川べりの道を楽しんでいるのに私は驚きました。多代さんと私は、鴨川を上流の方に向かって歩きました。

鴨川には小さな堰が幾つも造られていて、その段差を落ちる川水が白い小さな瀬といいますか滝をつくり、それが白い帯となって見えますし、川瀬の音も作りますから、それはとても気持ちの良いものでございます。

出町橋に登りますと加茂川と高野川が合流しているのがよくわかり、加茂川、高野川のそれぞれの上流が望まれ、そこはもう山里になっており、昨日私が嵯峨野を見たときに感じましたような、日田と同じ風景が広がっているのでございます。

「本当に京都の景色は気持ちよく、心が落ちつくようね、日田と同じだわね」

「盆地の隅近くの山々が見える所を切り取って、貼り合わせると日田になるよね」

「美幸ちゃん、うまいこと言うね。そう京都盆地は日田盆地の十倍ぐらいの大きさだもんね。でも、日田は小さいながらも、盆地の風情の良さを沢山持っている。川など大きな川が流れ込んでいるものね。背景をなす山が九重、阿蘇などの大きな名山を持っているからね」

多代さんと私は、京都御所の横の通りをホテルに戻りました。

「孝弘さんと紗貴子さんの二人、早世したけど、二人だけの世界を享受して、すばらしい人生を閉じたのではないの。世俗的な苦しみをすることなく、一生を終えたのよ。また何時か、お二人のお話しましょう。まだまだ、お話したいことあるのよ」

多代さんはホテルに着くと、そう言って私の手を握ったのでございます。

「ぜひ、日田に遊びに来てね」

「必ずいくわよ、日隈（ひのくま）、月隈（つきくま）、星隈（ほしくま）公園も訪ねてみたいし、日田富士みたいな高井岳も見たいものね」

日田に帰った後も、大覚寺の観月会と京都の街から受けた感興、多代さんと会って孝弘兄さん紗貴子姉さんのことが色々と思い出されて、一人暮らしの細々とした生活ですが、ふと考え込むこともあるようになりました。多代さんは、二人のことについて、私の知らないことを隠しているのではと思ったりしました。

孝弘さん、多代さん、私とは従兄妹の関係でしたが、先に申しましたように、孝弘さんと多代さんは血の繋がりはなかったのです。私に物心がついた頃からは、三人はそれは本当に実の兄妹のようによく遊ぶといいますか、交わったものでございます。

紗貴子さんは遠く離れた所に住んでいましたので、噂だけでその存在すらあまりよく知っていませんでした。孝弘さんが京都の大学に入った翌々年に、多代さんが後を追うように京都の女子大学に進みましたので、母と私は将来、孝弘さんと多代さんは結婚するのではと話したことでした。

それで私が中学二年の秋に修学旅行に行った時に突然、旅館に私を訪ねて来て大覚寺の観月に誘ってくれたのが、孝弘さんと紗貴子さんであったことに私は驚きましたし、母も意外な思いをしたようでありました。今度の大覚寺観月の夜に偶然に多代さんと会ってその話をしたときに、多代さんは、今から思えば表情には出しませんでしたが、とても衝撃を受けていたのかもしれませんでした。

孝弘さんと、多代さんと紗貴子さんの間には何かあったのではないかと、私は不審に思ったのですが、当の二人も私の父母を始め、その頃の事情を知っている人の殆どが亡くなっていますので、とても窺い知ることは不可能と考えました。

鍵を握るのは結局多代さんと思いましたが、京都で別れる時に、孝弘さんと紗貴子さんについては、まだまだ話すことがあると言われたことが反って怖く感じ、すぐに動き出すのを自粛する気持ちになっていました。

日田盆地も秋が深まってまいりまして、日田を囲む山々も色づき始めてきました。盆地に流れ込む川にも僅かですが、湯気が立ち上るのが見えることもあるのでございます。

私は友人のエッセイストから京都の四囲の山々で、拠点となる山を教えて貰ったことを思い出しました。北西の愛宕山、東北の比叡山、西南の天王山、南東の稲荷山を地図上で探しました。

そして、それらを対比するように日田の山々を眺めました。愛宕山に対するは堂床山、比叡山に対するは国見山、天王山に対するは西南の高井岳、稲荷山に対するは月出山岳。

京都でも日田でもそうですが、周辺の山々はさらに奥に、京都では笠置山地、比良山地、丹波高地、生駒山地が深く高く覆い、日田では阿蘇山地、九重山地、筑紫山地、耳納連山、津江山地に大きく幾重にも取り囲まれているなどと楽しんだりしていたのでございます。

が、その時私はふと、紗貴子姉さんと大変仲がよかった秋月まさ子先生のことを思い出したのでございます。紗貴子姉さんは京都から日田に移ってきて、私立女子高の英語教師を一時していたのですが、秋月先生は公立中学校のやはり英語教師をしていて研究会などで知り合い、紗貴子さんが亡くなるまで深い付き合いをしていたのでございます。

秋月先生は中学校長にまで昇進して、先年退職しましたが、紗貴子姉さんと同じ年齢でございました。私も紗貴子姉さんの生存中には、親しく交際させていただいていました。

私が先生をお尋ねしますと、先生は大変喜んでいただきました。

昔話のあと、この秋大覚寺の観月の宴に出席したこと、そして、そこで偶然に従姉妹の多代さんに会い、孝弘兄さんと紗貴子姉さんのことを色々話したことを告げました。

先生は大覚寺の観月の素晴らしいことは知っていらして、とても羨ましがりました。そして、秋月先生は多代さんのこともよく知っておいでででございました。私と紗貴子姉さんの最初の出会いが大覚寺であったことが驚きであったようでございました。話が弾んでまいりましたので、私は孝弘さんが洩らした『紗貴子のことをずっと思い続けている』という言葉を先生に話してみたのでございます。

「まあ、自分と一緒に住んでいる奥さんを、ずっと思い続けているなんて。余程、孝弘さんは紗貴子さんを愛していたのね」

先生は驚いて、暫く遠くを見詰めるように考え込んでいました。

「孝弘さんは美幸ちゃんを妹みたいに可愛がっていたので、美幸ちゃんにはお話しておきましょう。実は、私にも孝弘さんは、同じ事を言ったことがあるの。どうも美幸ちゃんに洩らしたのと同じ頃のようね。孝弘さんと紗貴子さんの一粒種のサヤカちゃんを失くした一年ぐらい後のことだったと思うの。町外れの喫茶店でひとりコーヒーを飲んでいますと、ひょっこり孝弘さんが入ってきて、少しの間話したのですけど、その時、孝弘さんがふと洩らすように言ったのよ。私もあなたと同じように呆気に取られて孝弘さんの横顔を見ていただけだった。孝弘さんは恰好をつけたり、演技をしたりするような気障な人では決してありませんでしたからね」

秋月先生は自分の記憶を確かめるように言ったのでございます。

私は、私以外の人も同じ言葉を聞いていたことに驚きましたが、少し心が軽くなった思いもしました。二人が熱烈な恋愛の末に結婚したこと、結婚後も深い愛情で結ばれていたことは知っていましたので、考えて見れば、当然と言えば当然のことかもしれないなどと、思い始めていたのでございます。

そして、そろそろ辞去（じきょ）しようとした時に、

「美幸ちゃん、私ね、紗貴子さんからも同じ頃に、同じようなことを聞いたの。孝弘さんが先だったけどね。英語教育研究会の帰りの車の中だったの。その日はテニソンの物語詩『イノック・アーデン』を輪読（りんどく）したの。美幸ちゃんも知ってのとおり、『イノック・アーデン』は、乗っていた船が難破したけど、奇蹟的に助かり、数年ぶりに男が帰郷してみると、妻は他の男と幸せな結婚生活を送っているのを見て、黙って去る男の話よね。

紗貴子さんは『私なら、何年でも夫の帰りを待つ。だって、私、ずっと孝弘さんのことを思い続けているものね』と言ったので、私は『まあ、紗貴子さん、お惚気ね。お御馳走さま』と笑って言ったの。

少し前に孝弘さんからも同じ言葉を聞いていたので正直、心の中では驚いたの。でも仲の良い夫婦だったからと微笑ましく思ったし、羨ましかったわ」

と先生は笑いながら明るく言ったので、私も引き込まれて笑ったのでございま

す。

秋月先生はご主人に先立たれ、子供さん達も独立していて、私も同じ境遇でしたので、夕食を食べてお帰りということになり、お言葉に甘えました。

デザートを食べながら、私は先生に孝弘兄さんと紗貴子姉さんの結婚の経緯を尋ねてみました。秋月先生は紗貴子さん達が京都で結婚して数年経って日田に越してきてから知り合ったのですから、あまり詳しくは知ってなかったようでしたが、語ってくれました。

「孝弘さんと紗貴子さんは従兄妹同士であることは勿論二人とも知っていたし、法事かなにかで幼い時に二、三度会ったことはあったらしいの。しかし、お互いを意識し合ったのは二人が京都の大学へ進学して、ワンダーフォーゲルの同好会員として邂逅してからのようでしたね。でも、山歩きの途中で、時々話す以外はそう親しくすることはなかったと聞いていました。

もう一人の従兄妹の多代さんと三人で時々お茶を飲んだりしたことはあったようですね。多代さんがとても明るい方で、楽しかったと紗貴子さんも言っていたわ。その頃ではないの、美幸ちゃんが修学旅行で京都に行った時、孝弘さんと紗貴子さんが訪ねてきて、大覚寺を案内してくれたのは。

でも、その時多代さんが一緒でなかったのは不思議だわね。多代さんに何か用があったのでしょう。三人仲良しだったらしいし、従姉妹の妹分にあたる可愛い美幸ちゃんが京都に出てきていれば、訪ねるなら三人揃って行くよね」

秋月先生は、そこまで話すと紅茶を淹(い)れに立ちました。

「孝弘さんと紗貴子さんが急に近付いたのは、紗貴子さんが山で遭難して一命を取り留めてからのことのようですね。美幸ちゃん、その頃、東京の大学に入ったばかりのことで、何も知らされていなかったのね。あんな風に紗貴子さん足が不自由になってね。一生結婚はできない、しないと覚悟していたのね。

そんな時に紗貴子さん、孝弘さんから求婚されたの。紗貴子さんは驚いたし、孝弘さんの真意を諮(はか)りかねたのね。だって、二人は従兄妹同士だし、足が不自由になった体でしたからね。

同情のためと思ったのね。紗貴子さん迷いに迷ったらしい。紗貴子さんのお母さんは四国に嫁いでいたので、極く近い親戚の人しか、紗貴子さんの存在は知られていなかったけど、歴(れっき)とした従兄妹でしたから反対されたのね。

でも孝弘さんの意志が強く、紗貴子さんにしても命の恩人だし、孝弘さんのことを嫌いではなかったのでしょう。極く内輪の人達だけで結婚式を挙げたと聞いていたことよ」

　秋月先生は静かに語りました。

「二人は紗貴子さんの怪我の前から、既に恋愛関係にあったのかしら」

　私の口から思わず意識もしていなかった言葉が飛び出しました。

「まあ、そんなこと。うーん、そこまで私も考えつかなかったし、もちろん、紗貴子さんに聞いたこともなかったわ。孝弘さんの愛を受け入れることに随分悩み苦しんで、断り続けたが、二年の歳月を考え抜いて結婚することになったと聞いていました。

　事故前から既に二人が恋愛関係にあったとは、私はとても考えられないように思う。理由はないの、なんとなくそう感じるの。やはり同情があって愛が芽生えたと思うの」

　私の突発的な質問に慎重に答えたのでございます。

　大分夜が更けてまいりましたが、もう少し聞きたいこともあるのでお尋ねすると、秋月先生は、コーヒーを入れてきてくれました。

「定年退職の身で、毎日が日曜日ですから、何時までも構わないわよ」

「先生は、孝弘兄さんと紗貴子さんが、本当は実の従兄妹ではなく血の繋がりが無いことはご存じでしたか」

秋月先生はちょっと戸惑っていましたが、答えていただきました。

「私は紗貴子さんとは、日田に越してきてから交際が始まりましたので、結婚当時のことなど知りませんでした。ただ、私の母が紗貴子さんのお母さんと同じ年ぐらいで紗貴子さんのことは知っていまして、孝弘さんと紗貴子さんが日田に越して来たとき、二人は従兄妹同士の筈だが、よく周りの人が結婚を認めたものだと不思議がっていたのを記憶しているの。

でも、従兄妹同士の結婚もないことはない時代でしたので、それ以上憶測することはなかったのよ。母は多代さんのことはよく知っていたの。あの人は幼い頃から日田によく遊びに来て私の家にもよく寄っていたの、孝弘さんと一緒にね。あなたは憶えていないかも知れないけど、あなたも一緒によく来ていたのよ。

それで孝弘さんは多代さんと将来一緒になるのでは、と母は思っていたらしいの。というのは、あなたもご存じのように、孝弘さんと多代さんは従兄妹と言っても義理の従兄妹で血が繋がっていませんでしたからね。それに、孝弘さんと多代さんは兄妹のようにとても仲が良かったのよね。

私もそう思っていたのだけど、仲の良い同士って意外に結ばれないことが多いのね。私は孝弘さんと多代さんは根本的なところで、名状しがたいけど、どこか合わないのではと少し思っていたの。でも、多代さんは、明るくていい人だった。

同じ年頃の私も、それは認める。多代さんがいるだけでも楽しかったものね。人生というのは、ままならぬこともあるのよね。そう、美幸ちゃんの質問に答えねばならないのに、長々と他のことをしゃべって御免ね。

さっき言ったように、私は孝弘さんと紗貴子さんは実の従兄妹と思っていたの。従兄妹同士の結婚は昔は結構あったので、私としては、まあ、普通のことと思っていたの。

私と紗貴子さんは本当の姉妹以上に心が通じあっていたの。心を許す友達は小さな町でも中々できるものではないのね。お互いに隠すことなく色々と、それは本当に話し合った。

私は教育関係でずっと通した。主人は民間会社だったので、私の方が給料が良く休みも多かったこともあり、また私は生徒の一人一人に接し、父兄とも話し合いがあったりして、殆ど夫と話す機会がなかった。

そういう時も、紗貴子さんとは二人でよく慰め合った。もちろん、孝弘さんと紗貴子さんは仲の良い理想的な夫婦で、私達みたいながさつなところは全くなかったの。私達がとても親密な仲になって二年ぐらい経った時でした。

紗貴子さんが、私の勤める学校に私を訪ねてきたの。私が日田でも山奥の中学校にいた頃で、それは驚いたし、また嬉しくもあったの。紗貴子さんは事故にあって体が不自由で、運転免許は取れなかったの。

だから日田の中心地から私の学校までかなりの距離があるのを、タクシーで登ってきたのね。私と紗貴子さんは学校の校庭のベンチで話したの。山々が迫って谷のようになっている一角に学校はあったので、日田盆地も見えなかった。

紗貴子さんが何で、こんな山奥の学校にまで私を訪ねてきたか訝った。しばらく紗貴子さんは学校からの景観を物珍しげに眺めていたが、そのうち、少し間をおいて、『実は私、妊娠したことがはっきりしたの。それで、まさ子さんにだけは聞いて戴きたいことがあるの。驚かないでね。孝弘さんと私は実の従兄妹になっている。私の母は孝弘さんの父親の姉なのね。だけど、私は事情があって他所から貰われてきて、実子として育てられたの。ずっと、私はその事を知らなかった。私は幸福に育った。

孝弘さんの求愛を受けて、実の従兄妹と云う思いが強く、結婚して万一、遺伝的に問題があったらと心配していたの。でも、ある日、孝弘さんから、孝弘さんと私は血の繋がりがないことを知らされたの。それはショックだった。一瞬、頭が真っ白になった。全てが消滅と云うか、これまでの人生が無になった、と思った。でも、それを知って、私は孝弘さんとの結婚に踏み切ることができた。

孝弘さんは、命の恩人でもあるし、孝弘さんには、ずっと好意を持っていた。〝従兄弟合せ(いとこあわせ)〟という言葉が、まだ残っているぐらいに、田舎では従兄妹同士の結婚もあるらしいけど、私は嫌だった。

その時、私は母に孝弘さんの言ったことが真実かと糺(ただ)したの。母は淋しそうに頷いた。私たちが従兄妹同士の結婚さえしなければ、一生隠すこともできたものだったから』と紗貴子さんは涙を流さんばかりに私に告白したの」

秋月先生も大変衝撃を受けたのですが、それであれば孝弘さんと紗貴子さんの子供に遺伝的に問題はないと思い秋月先生は安心し、紗貴子さんを励ましたとのことでございます。

紗貴子さんは、心を許せる秋月まさ子先生にだけは、それを言って置きたかったのでしょう。

「明くる年、女児が無事生まれました。サヤカと名付けられ、美幸さんも知ってのとおり、それは可愛い子でしたね。それこそ、目の中に入れても痛くないの譬(たと)えのように、孝弘さんと紗貴子さんはサヤカちゃんを大事にしたわね。

でも、サヤカちゃんは三歳の時に遊園地に行っていて、ちょっとした透きに車に撥ねられて亡くなったのね。二人の嘆き悲しみは正視するに忍びなかったものね。それから三年後に今度は二人の乗った車が夜明ダムに転落して共に亡くなったのね」

秋月先生は泣きそうな声で語ってくれたのでございます。私も当時の事を思い出して涙が出てきたのでございます。

「福岡にクラシックの演奏会を聞きに行って、あの大雨の中を帰ってくる途中だったですもの。深夜で視界も悪かったし、そのなかを無理して帰ってこなくてもよかったのにですね」

私は転落の夜のことを嘆きました。

「そうよね、遅くなったらよく福岡のホテルに泊まっていたものね。魔がさすという言葉があるけど、何か起る時は、どうしようもない不可抗力が働くものなのよね」

「サヤカちゃんが亡くなってから、孝弘兄さんと紗貴子姉さんの仲は疎ましくなっていったのですかね。私はちょうど結婚した頃で、あまり出入りはしてなかったのですけど」

「サヤカちゃんを亡くしたショックから、二人の仲に一時的に隙間風は吹いたかもしれないけどね。先に述べたように、その頃に二人の口から『ずっと思い続けている』と聞いたの。お互いを思い遣る気持ちは一層深まったのでしょう。でも一方で、結婚している男女が、お互いを思い続けているというのだから、とても羨ましくも思ったけど、何か奇異にも感じたの。そのように思い合うというか、庇い合う何かの原因があるのではと考えたのだけど、それ以上のことは聞けなかった。でも、あんなことになってしまって」

秋月先生は深く考え込む表情になっていたのでございます。

私も孝弘兄さんから聞いた時に受けた不安感を、秋月先生も感知していたことに驚いたのでございます。

「孝弘兄さんと紗貴子姉さんがお互いに懐いた感情のことを先生以外に知っている人がいるのでしょうか」

私は先生に、少し怖い気持ちもありましたが尋ねました。

「うーん、もう随分昔のことだから、はっきりしないわね。夫婦間の愛の告白ですからね。あの二人には心を許せる友人は殆どいなかったと思うの。美幸さんは孝

弘さんからだけ聞いていたのね。恐らく誰もいなかったと思う」と暫く考えてから、

「あっ、そうそう。ちょうどその頃、教育委員会の用事で上京したことがあって、連絡して久し振りに多代さんと会ったの。多代さん、昔と変わらず元気で明るかった。孝弘さんと紗貴子さんの話になった時、サヤカちゃんを亡くした後(あと)であり、あの言葉を聞いていたので、少し不安もあって、孝弘さんと紗貴子さんの言葉のことを話したの。

多代さんは、『まあ』と驚いて笑い声になり、『羨ましい』と言ったの。でも、なんとなく表情が強張(こわば)って見えたの。それで、それからは二人のことを話題にしなかったの。もし知っている人がいれば、多代さんだけでしょうね。後で話さなかった方が良かったかなと少し不安になったの」

秋月先生の顔も強張ったようでございましたので、潮時をみて辞去したのでございます。

それからは、秋月先生からお聞きした話を思い出し、特に紗貴子姉さんが孝弘兄さんと同じような思いの言葉を洩らしていたことが気になり、何か蟠(わだかま)りを覚えていました。

が、私は気を紛らわせようと、京都と日田の地図を見比べて色々と想像したりしていました。

琵琶湖から出た瀬田川が、宇治川と名前を変え最後に淀川になるのは、日田では杖立川、大山川、三隅川と変わり最後に筑後川となるのが対比しているし、桂川には花月川だろう。吉田山は日田では慈眼山か、などと考えていました。

そんな秋も深まった濃い底霧の日の午後に、ひょっこり多代さんから電話があり、それも日田の三隅川畔の旅館からとのことでございました。

私は本当にびっくりしましたが、多代さんらしいとも思うと、笑いが込み上げてきました。全国の小京都と呼ばれている町を旅する会のメンバー六名で、日田を訪ねたとのことでございます。

午後の時間を空けられたので、孝弘兄さんと紗貴子姉さんの墓参をしたいとのことでございました。

私は秋月先生にすぐに電話しましたが、生憎信州に旅行中のことでございました。

多代さんも、先生に会えないのを残念そうでございました。多代さんはすぐに訪ねてまいりました。

私の家は十年前に主人が亡くなってから造酒屋を廃業していましたが、娘が嫁いだ後も私一人で大きな屋敷に住んでいました。

酒蔵など屋敷は全て昔の儘にしていたのでございます。人が居なくなると建物は朽ちるのが早いと言われていますが、まだ十年なのに廃屋同然の古色蒼然たるものに変わってきていました。

だが、多代さんは故意にそれに触れないようにしていたようで、往時の繁栄振りを知っているだけに感慨も複雑だったことでしょう。

昔、孝弘兄さん多代さんと私とで、よく遊んだ茶の間でお茶を差し上げました。

飛騨の高山から日田に回り、明日は広島県の三次に行くとのことでございました。高山は小京都としては全国的に名高い町ですが、幼い頃から日田をよく知っている多代さんは、確かに高山はきちんと町並みも整備され、碁盤の目のような街路があるが、どこか人工的でちまちました感じがする。

それに比べ、日田は町の規模が大きく、交通のアクセスがよく、何と言っても盆地の山々が本当に京都に似ていること、大きな川が幾つも流れ込んでいるのが魅力と、まるで我が町のように誉め称え、特に豆田町の町並みがきれいになったこと、三隅川の亀山公園の風情、新しくできたばかりの高台のサッポロビール工場から眺望した日田盆地の景観は素晴らしいと、贔屓目もあるのでしょうが絶賛したのでございます。

夢中になったら、子供のように懸命になるのは昔と少しも変わっていないのでございます。私が運転して慈眼山の近くにある先祖累代の墓地に参りました。孝弘兄さん達の墓は片隅の方に立っていました。

それから、多代さんが、二人が転落した夜明ダムを見たいと申しますので、そちらに回りました。夕暮方でしたので湖面に僅かに夕映えが残っているだけで、車を止める場所もないため、多代さんは車内で合掌していました。

私はその時、思い切って、秋月先生から聞いたであろう、孝弘兄さんと紗貴子姉さんが洩らした『ずっと思い続けている』という言葉のことを尋ねました。多代さんは暫く言葉を選んでいるようでしたが、

「お互いの愛情がとても深かったのでしょう。しかし、それをお互いにうまく表現できないもどかしさか、何かあったのかもしれない。とにかく二人は愛し合っていたのよ、羨ましい程にね」と言いますと、後は黙りました。

宴会の時間が迫っていたので三隅川沿いの旅館まで送り、再会を約束して別れたのでございました。

年の迫った霙模様の寒い日に、私は正月用品の買い物に出掛けました。霙で三隅川も亀山公園も煙って見えましたが、亀山の森は薄雪で少し化粧したかのようにに白くなっていました。

帰ってみると多代さんから部厚い封書が届いていたのでございます。何と無く胸騒ぎがしましたが、相当の分量がありましたので、夕食を済ませてからゆっくり読むことにして、手紙を仏壇にお供えしたのでございます。

粛啓　東京はこのところ冬晴れが続いていますが、九州北部は寒気が押し寄せ、雪模様のようですね。盆地には雪が似合うと言われ、高山などは冬場の方が客が集まるとも聞いています。

盆地は重畳する山脈のなかのオアシスみたいで、幾つもの川や道がはいりこみ、また出ていく所です。盆地に天領が多いのは、それだけ交通の要所として大事な場所だったのでしょうね。

小京都はどこも素晴らしいところでした。天領は江戸幕府に寵愛された美女みたいなもので明治維新の時に、新政府に蓄えた財宝や文化などを略奪された悲哀があるから、今だにどこか憂愁の陰をひいているのよね。

先日は突然お邪魔して、本当に申し訳ありませんでした。

子供の頃から思い立ったら止まらない質で、友人に誘われ、そのまま新幹線に飛び乗ったように旅立った次第でした。久し振りの日田でしたが、水郷、山紫水明、風光明媚、天領、小京都など日田の称号のどれもがぴったり似合う素晴らしい土地柄であるのを再確認しました。

前を向いても横を見ても、振り返っても、程好い高さの山々、色んな形の山々が見える。これほど心休まることはありません。

ある年齢になりますと、自然が恋しくなるのは切実なことです。自然に囲まれた美幸さんが、とても羨ましい。懐かしい酒蔵を見せていただき、往時を偲んで心の中では、涙滂沱として流れる思いでした。

孝弘さんと紗貴子さんの墓参を済ませ、転落した夜明ダムの現場を見て、心が痛みました。

スリップ事故とはいえ、あの深く愛し合った二人が湖底で落命するとは、今でもとても信じられないことです。車中で、あなたが、孝弘さんと紗貴子さんが秋月先生に、孝弘さんはあなたに、『ずっと思い続けている』と告白したことを、どう思うかと私に尋ねましたね。私は、あの時大変動揺しました。

それを懸命に堪えて平静を装い、普通の曖昧な言葉で逃げました。日田から帰って、これまで、ずっとそのことを考えてきました。わたしも還暦を過ぎ、子供たちも独立してほっとしているところです。

これからはただ老いていくだけでしょう。

あなたに大覚寺でお会いした時から、私が心に隠し続けている秘密をあなたにぜひ告げなければと思っていましたが、今度の日田訪問ではっきり決心が着きました。

このことを話す人は、この世であなただけしか居ないのです。

孝弘さんと紗貴子さんの親友であった秋月まさ子先生もいらっしゃいますが、これは親戚関係にあるあなた以外には絶対に言えません。これから記することも、あなたの心に深く仕舞って誰にも口外しないで下さいね。

美幸さんに物心がついたの何歳ぐらいだったでしょうね。ここでは美幸さんでなく、美幸ちゃんと呼ばせて貰います。その方が、実感がでますから。

私は昭和十五年の遅生まれ、美幸ちゃんは昭和二十五年の遅生まれだったわね。私とは十歳の年の開きがあるの。私の母とあなたのお母さんが姉妹だった。私の母は長女で、あなたのお母さんは三女で、間に男児もいた。母とあなたのお母さんとは七歳開いていたので、私とあなたは十歳違いの従姉妹だった。

私と、あなたのお母さんの実家は福岡県朝倉郡にある町で、大きな砂糖問屋をしていたの。朝倉の三奈木は黒砂糖の産地でしたものね。私の母は隣町の杷木（はき）に嫁いだの。そして、あなたのお母さんは日田の造酒屋（つくりざかや）に嫁いだ。日田と杷木はすぐ近くでしたから私は幼い時からしょっちゅう、あなたの家に遊びに行っていた。

恐らくあなたが生まれる前から行っていたと思う。大きな造酒屋でしたから杜氏さん、番頭さん、手伝さん、女中さんなど、それは沢山の人が働いていて、賑やかなことで、私もよく皆から可愛がられました。

その頃、私より二学年上に孝弘さんが居たの。歳も近かったので何時も二人で遊んでいた。孝弘さん、その頃にはお父さんが亡くなり、お母さんは他所に嫁いで行ったので、孝弘さんはあなたのお父さんが育てたの。孝弘さんは、とても優しい人で、私をよく可愛がってくれました。それで、二人は兄妹とも思われたことがあったの。

昭和二十七年まで、夜明ダムもなかったの。上流の小国、津江、大山、玖珠など日田近郊の山々から伐採された杉丸太が、発電所の水路を筏（いかだ）に組まれて流送されていたの。三隈川の亀山公園のあたりの流れには畳を敷き詰めたように筏がびっしり並んでいて、筏師の勇ましい声が響き渡り、それは活況を呈していた。

亀山公園から少し下った所に大明神という極端に狭まった危険な峡谷があって、難所を潜り抜けるため、筏師さん達も気合が掛かる所でもあったのでしょう。それは壮観で、今でも鮮やかに記憶に残っているの。町内には製材所が沢山あって製材する金属音が響き、杉丸太や出来上った角材が山のように積まれていた。

下駄の産地でもあったので至る所に、コンクリート・ブロックみたいな杉の角材を乾燥させるために、直径三メートル・高さ五メートルもある中は空洞の円筒状のものが組み立てられていたの。

五月下旬の川開き観光祭の夜の花火大会には近郊の町や村から十何万という人が見物に来て、三隈川畔や亀山公園は立錐の余地もなかった。花火の爆音が盆地の山々に木霊して、それは凄かった。

七月下旬の祇園祭は京都とは規模など比べようもないけど、町が小さいだけに情緒は連綿としていて、山鉾の提灯が川風に揺れる様は今でも眼に浮かぶ。路地から宵山の子供達の声が聞こえ、祇園囃子に哀調があってね。孝弘さんが美幸ちゃんを肩車にしてよく見に行ったものよ。余韻嫋々としていてね。

孝弘さんはお父さんに死なれ、お母さんは都合で去っていきましたので、とても淋しい境遇でしたけど、あなたのご両親がとても可愛がったので、本当に素直に育っていたように私は思いました。

でも、どこか淋しかったので、その代償として私を実の妹のように大事にしてくれたの。あなたが生まれてからは私が嫉妬する程に、あなたを溺愛しているように見えたの。

普通で言えば、物心がつくのは六、七歳ではと思う。三隈川に夜明ダムが完成し、亀山公園に堰ができて筏流しができなくなった頃を恐らく、あなたは知らないでしょう。

私はあなたの家に下宿してH高に通いました。孝弘さんが三年生、私は一年生でしたが、孝弘さんは大変な秀才でスマートでハンサムでしたから大変人気があったようです。その頃、あなたは小学生になっていたから、孝弘さんや私の記憶が少しあるかもしれませんね。

とにかく、あなたは可愛くて、利発で、孝弘さんは将来自分の子供とし、こんな子がほしいと言っていたの。だから、サヤカちゃんもあなたみたいな素晴らしい子供さんだったのでしょう。

正直申しまして、孝弘さんは私を実の妹のように思ってくれていました。私も孝弘さんを尊敬して気心も通じていたと思っていましたし、従兄妹と言っても実際に血は繋がっていないことは、お互いに意識していましたので、将来は孝弘さんと結婚できると、乙女心に本当に信じていたのです。

孝弘さんは京都の大学に進学したの。便りはよくくれましたが、日田に帰省することは、めっきり減りました。学業が忙しいためと思っていました。私も勉強して京都の女子大に入りました。

その時まで、私は義理の従姉妹に紗貴子さんという、とても綺麗な女が居るとは聞いていましたが、一度も会ったことはなかったのです。

孝弘さんの後を追うように京都に出てきた私を、孝弘さんは、とても大事にしてくれて、京都の名所などを休み毎(ごと)に連れて回ってくれました。今から考えますと東京オリンピックの前で、日本中が高度成長の波に乗りかかった頃でしたが、まだまだ一般庶民は高度成長の意味さえよく理解できないくらい質朴で、特に学生の生活など粗末なものでした。

勿論、現在のようにバス、トイレ、洗濯機、冷蔵庫、エアコン、テレビ、電話つきなど全く考えられない時代で、部屋のなかに机がぽつんとあるだけで、街を行く車も少なく、孝弘さんと私はバスや自転車、徒歩で京都を見物して回りました。

私は家政科に在学していました。高校時代から始めたテニス部に入り、毎日練習しました。そして、二年目になると偶(たま)の休日に孝弘さんから誘われるくらいになりました。卒業を前にして孝弘さんは忙しそうでした。翌年孝弘さんは大学院に進みました。

中世ヨーロッパ美術を専攻して、私にはよく理解できない難しいことも話してくれました。あなたのお父さんの造酒屋が盛業だった頃でしたから、お父さんからの仕送りがあったようで、週に二日、家庭教師をしていましたのでそれなりの生活はできていたようです。

今から考えると、修学旅行中のあなたを孝弘さんと紗貴子さんが大覚寺に訪ねたのは、その頃と思われるの。

あなたに紗貴子さんを紹介したすこし後に、孝弘さんは私に紗貴子さんを会わせたのです。それは十月下旬の時代祭を孝弘さんと丸太町駅の近くで見物することになっていた日に、孝弘さんは紗貴子さんを連れてきていたの。

母から紗貴子さんのことは少しは聞いていましたが、私は本当にびっくりしたの。しかも、私と同じ大学であったのです。それまで黙っているなんて、孝弘さんも人が悪いと、私は思いました。が、孝弘さんは紗貴子さんとは最近知り合ったかのように、言葉も態度も他人行儀でした。

紗貴子さんは色の白いスリムな、とても綺麗な人でした。性格も控え目で、私とは正反対の人のようにみえました。孝弘さんは家庭教師のお金が入っていて、時代祭の後に近くのレストランに誘ってくれたの。

孝弘さんのお父さんがアルコールで早死にしていたので、孝弘さんはあまりアルコールを口にしないようにしていましたが、その日は、紗貴子さんと私を見知り合わせようとしてくれて、ビールを御馳走してくれました。あの頃、ビールは学生などは勿論、一般の大人でもそう飲めるものではなかったの。

私と紗貴子さんは初対面でしたから、ぎこちなかったのですが、その夜は珍しく孝弘さんが陽気に振舞い、緊張を取ってくれたの。紗貴子さんも私も結構ビールが飲めますので、孝弘さんは驚いたり喜んだりしていました。やはり従兄妹の血は争えないと、孝弘さんは悦に入っていました。

孝弘さんと紗貴子さん、それと美幸さんは血の繋がった実の従兄妹、私と美幸さんも実の従兄妹だけど、私と、孝弘さんと紗貴子さんとは、全く血の繋がりのない義理の従兄妹でしたので、孝弘さんの言葉には少し引っ掛かりを覚えました。

美幸ちゃん、私は紗貴子さんと初めて会った時に、瞬間的に何かあるという予感がしたの。しかし、それは漠然としたもので、それが何であるか、その当時には分かりませんでした。

今、美幸ちゃんに正直に申します。私はずっと孝弘さんを大好きでした。私と孝弘さんは実の従兄妹でなかったので、結婚することも遺伝子的に心配なかったのです。美幸ちゃんを含めて、三人はよく遊び回った。車もなかった時代ですから、孝弘さんと、私はそれぞれの自転車、美幸ちゃんは孝弘さんが荷台に乗せて、よく日田の町を走り回りました。

あなたは覚えてないでしょうが、日田三望郷という所があって、自転車で回りました。上野の鏡坂（かがみざか）公園、慈眼山、吹上（ふきあげ）台地から日田を眺めるのは最高ですものね。

孝弘さんは何時間も立ったままで風景に見入るようなところがあったの。

美幸ちゃん、ここで私の正直な気持ちを申し上げます。あなたもご存知のように私と孝弘さんは子供の頃から兄妹のように育ちました。長ずるにつれて、孝弘さんを異性と意識するようになり、将来なんとしても孝弘さんのお嫁さんになりたいと熱望するようになり、私の感じでは、孝弘さんにもその気はあると信じていました。

しかし、勿論、お互いに確認し合ったことはありませんでした。自然に必然的にそうなると思っていました。しかし、紗貴子さんの出現で、私の夢が壊（こわ）されることを直感しました。

でも、孝弘さんと紗貴子さんは歴とした実の従兄妹でしたから、インテリジェンスのある二人は、昔であれば従兄妹合せという言葉もあるぐらい従兄妹同士が夫婦になることはありましたが、この文明社会に、タブーに挑戦する程、二人は非常識ではないと考えたのが救いでした。

それからは時折三人で会ったり、隠れた名寺社などを訪ねたりしました。そのような時に二人がワンダーフォーゲル同好会にはいっていて、山野徒歩旅行をしている事を知りました。が、二人を見ていると、丁寧な言葉使いで少しも親密にはなっている風でもないので、もともと性格的に合わないのかもしれないと思って、私は胸を撫で下ろしていたの。

それから一、二年間は紗貴子さんは卒業、就職と大変らしく、卒業すると京都の私立女子高の英語教師になりました。孝弘さん、紗貴子さん、私は一歳ずつ歳が開いていましたので、今度は私が忙しくなり卒業前年の晩秋になってもまだ就職が決まっていませんでした。

それで、十一月の上旬の小雨の降り始めた夕方、孝弘さんに相談してみようと下宿を訪ねて南区下鳥羽公園の近くまで来た時、ダーク・グリーンの乗用車が低速で私の横を通っていきました。最近孝弘さんが中古の乗用車を買って乗り回していたことを知っていましたし、私も一度乗せて貰ったことがありましたので、そのダーク・グリーンの車には見覚えがありました。

夕暮れに小雨が混じって大変見辛(みづら)い状態でした。その車は私の前を通り越してかなり行くと、道路の左側の街路樹の陰に止まりました。

私は走って追いつこうかと思いましたが、何故かそうすることを自制させる力が働き、ゆっくりと車へ近づきました。するとその時、車はそっと発車しました。すると黒い傘をさした黒っぽい女性が突然道脇の木陰から飛び出し孝弘さんの車にぶつかり道脇に倒れたのです。

孝弘さんは急ブレーキをかけ車を止めると、降りてきてすぐに女性を抱き上げると助手席に乗せ、車を出しました。

私は咄嗟のことで驚き、呆然と立ち竦(すく)んでいました。私は、その時事故にあった女性が紗貴子さんであることに、はっきりと気付き、一層驚きました。誰か他の人が見ていなかったかと周りを見回しても人影は全くありませんで、私は夢を見ているのか、目の錯覚かと思いました。

それから十日程、あの事故が事実かどうか孝弘さんに確認しようと思ったのですが、事実を知るのが怖くて、じっと我慢していました。十日目に孝弘さんから電話があり、紗貴子さんが比叡山を山歩き中に鹿に襲われ山道から谷に落ち、右足を骨折して入院しているので見舞ってくれないかとのことでした。

私は孝弘さんの言葉に驚きました。私が目の前で見た交通事故は幻であったのかと自分を疑い、自分に自信が持てなくなりました。だが、紗貴子さんが怪我をして入院していることは間違いないことでしたので、私は下京区にある公立の大きな病院に行きました。遠く比叡山の見える清潔な個室に紗貴子さんは、四国から看病に来ているお母さんといました。

お母さんは美幸さんのお父さんに似た、姉弟ですから当たり前ですが、とても上品な方でした。

「このたびは、孝弘さんに紗貴子が救けていただいて、命の恩人です。紗貴子が比叡山の山歩きを一人でするなど無謀なことをしなければよかったのに。すぐ後ろを孝弘さんが偶然に山歩きしていたからよかった。それでなかったら、右足の複雑骨折という重症で出血もひどく、とても助かっていなかったのですよ。本当に孝弘さんには何と言って感謝申し上げたらよいのでしょうか」

紗貴子さんを見ますと、薄ら(うっす)と涙を浮かべていました。

私が夕暮れの雨の中で見た、あの交通事故は、一体、何であったのだろうかと思い直しました。

しかし、目の前に比叡山で転落し、孝弘さんに助けられたと涙する母子がいれば、私はどうにも返事の仕様もなく、只、お見舞を述べるしかありませんでした。

紗貴子さんは長い間ギブス包帯をしていて、退院した後は右足を引摺り右肩を落として歩くようになったのです。あのスマートな歩き方をしていた紗貴子さんですから、自身大変辛いことであろうと、私は同情しました。

だが、私にはどうしても納得できないことが、心に重く残っていました。傷が治って復職した紗貴子さんに、孝弘さんが求婚をしたという噂が耳に入りました。私は東京の病院の栄養士の就職が決まっていました。

まさかと思っていましたが、世間的には比叡山で遭難した紗貴子さんを孝弘さんが偶然に助け、傷ついて体が不自由になった女性を、自分の嫁にしようとするのですから、二人を知っている人の間では、大変な美談として迎えられていました。

私は孝弘さんの嫁になるものとして、育ってきましたので衝撃でした。

それで、私は先ず母に、孝弘さんと紗貴子さんは血の繋がった実の従兄妹なのに、なぜ結婚するのと食って掛かりました。母も返答に困っていました。

怪我をして不自由になり嫁に貰い手も少なくなったのを、孝弘さんが救ってくれるのだから有り難いことよ、と母は頻りに私を説得しました。

あの下鳥羽公園の交通事故は、比叡山で孝弘さんが紗貴子さんを助けたのでなく、孝弘さんが偶発的にしろ交通事故で紗貴子さんを傷つけたのだと、何度も口に出かかりましたが、さすがに、そこまでは絶対に口に出せなかったのです。

もし、あれが本当であれば、明らかに人身事故で刑事事件でありましたから。

孝弘さんは求婚したが、紗貴子さんがなかなか受けないと聞いていました。

私は就職して京都を離れ、東京に出ました。何としても、私は孝弘さんと結ばれたかった。まだ子供の頃、私は孝弘さんに将来は孝弘さんのお嫁さんになるからね、と言ったもので、孝弘さんも多代ちゃんは僕の嫁になるもんね、と返してくれていました。

まだ子供でしたし冗談と言われれば、それまでのことですけどね。東京に行ってからも、私はよく孝弘さんに便りしました。勿論、求愛のものではありません。

孝弘さんが紗貴子さんに求愛し、紗貴子さんが拒んでいることは、私は知らないことになっていました。私は紗貴子さんは求愛を受けないだろうと考えていました。何度も言いますが、何と言っても二人は実の従兄妹でしたし、私と孝弘さんが幼い頃から大変仲の良かったことは、誰からかきっと聞き知っていると思っていたからです。

ところが、現実は孝弘さんがどうしても紗貴子さんと一緒になりたい、そうしなければ一生独身を通すと言い張り、紗貴子さんも孝弘さんの情熱に絆(ほだ)されて結婚を承諾したと母が伝えてきました。それを聞いた時、私は悔しさと情けなさに泣き崩れました。孝弘さんが何故、情けない真似までして私より紗貴子さんにこだわるのか、私には許せなかったのです。

私には、まだ男女の心の襞（ひだ）とか合性（あいしょう）、好（この）みとか、愛の本質のことは全く知らなかったのです。

私は母に手紙で、孝弘さんと私は幼い時から夫婦（めおと）約束をしていたものだから孝弘さんの変心が信じられないと書きました。

晩秋の雨の夕暮れの交通事故で、孝弘さんが紗貴子さんを傷つけたことが原因で孝弘さんが責任を感じて、私の存在を無視しているのであればと、真実を書こうかと思いましたが、何故かそこまでは書けなかったのです。

あの事故を見ているのは、本当に私ひとりでした。その事故の処理の孝弘さんの素早くて上手さといいますか、また反面、その事故に遭遇した時の紗貴子さんの動作にも、今、考えると、私には色々と疑問がありました。

だって、道脇にそっと止まった車が突然走り出したのに、横断歩道を渡ろうとする傘をさした女性が、進行してくる車を意識したかのように、逆に車に飛び込んだように私には見えたのです。

私は残念といいますか、無念と言いますか、唯々（ただただ）、あの目撃した交通事故のことを母に知らせ、それが虚偽でないことを知らせたかったのです。

私は遂（つい）に、交通事故のことも含めて母に手紙を書きました。私の、孝弘さんに対する幼い時からの恋情、孝弘さんもそれに応えてくれていたことが、紗貴子さんの登場で次第に孝弘さんの心が私を離れ、紗貴子さんと結婚するに至ったのが、どうしても許せなかったのです。

ましてや、実の従兄妹同士でありながら結ばれるのは、どう考えても納得できない。

母の返事次第では孝弘さんと紗貴子さんの所に乗り込んで抗議して、結婚を御破算にしてみせる、と書きました。私のすさまじい剣幕に驚いた母から、すぐ返事がきました。

手紙を見て驚いています。あなたが、それほどに孝弘さんを慕っていたとは想像もしていませんでした。親戚にあたる子供たちが、幼い頃仲良く遊ぶことがありますね。あのようなことと思っていました。大概年頃になると交際が疎遠になっていくもので、あなたの気持ちも、そのくらいに考えていました。浅はかな考えで、御免ね。

抗議して、結婚を御破算にするという強い意志にびっくりしています。そういうことをしたら、それこそ親戚の、延いては世間の笑い物になってしまいます。

何時かは、あなたにも知らせねばならないと思っていましたが、孝弘さんと紗貴子さんがこういう関係にならなければ、一生知らずに人生を終わる方が幸せかもしれないと考えていました。だが、あなたがそこまで思い込んでいるのであれば、話さねばならないでしょう。

話す私も、知るあなたも本当に大変な衝撃を受けるでしょうが、あなたも、もう立派な大人だから動ずることなく、今後も今まで同様に私とは仲良しの母子であることを誓ってね。私があなたに告白することは、お父さんに内緒のことです。絶対にそのことを銘記していて下さいね。

遠回りせずに、ずばり申します。

紗貴子さんと、あなた多代さんは二卵性双生児、即ち姉妹なのです。由緒ある人の子供さんなのですが事情があって、紗貴子さんは孝弘さんの父の姉の子として、多代さんは私の家の子として育ったのです。

事情は申しません。あなたは、これからも私の愛する子供なのですから。

あなたが孝弘さんを好きで、孝弘さんと紗貴子さんが結ばれることになった時のあなたの悩みも私は薄々知っていましたが、助言の仕様がありませんでした。

孝弘さんと紗貴子さんが実の従兄妹でないことは、何時か誰かが、二人に告げていると思います。

紗貴子さんが山から転落したのを、偶然に通りかかった孝弘さんが助け、愛が芽生え、体が不自由でも、それを乗り越えて結ばれたのも運命の導きでしょう。

多代さん、あなたの実の姉の紗貴子さんの幸福を温かく見守ってあげて下さい。

あなたが目撃した交通事故が真実であることは、紗貴子さんのお母さんから聞いて知っていますが、忘れて下さい。

御免なさい。これ以上のことは書けません。

今まで通りの多代さんであってほしい、と願うだけです。


私は、母の手紙を読んで脳天を割られたような衝撃で呆然自失の状態が続きました。

私の気力は萎え、あれだけ強かった攻撃の鉾先を収めざるを得ませんでした。

それからの私は腑抜けのようになり、平凡な結婚をして平凡な人生を歩きました。

美幸ちゃんも、孝弘さんと紗貴子さんが血の繋がりのない従兄妹であることは聞いていたと思うけど、紗貴子さんと私が二卵性双生児の姉妹であったことは知らなかったと思います。

紗貴子さんと私は姿形（すがたかたち）は対照的であったけど、首を傾けたり、歩く姿、笑う時の仕種など、今思うとよく似ていたものね。私は不思議に思ったことはあったけど、まさか姉妹だったとはね。私達、紗貴子さんと私は三月末に生まれたらしいの。それで、私は四月八日に生まれたことにして届け出されたので、学年は紗貴子さんより、私がひとつ下になったのね。

それから私は、意識的に孝弘さんと紗貴子さんには近付かなかったの。それからずっと経って、秋月まさ子先生が上京してきた時にお会いしたの。

私と秋月先生は、歳も同じぐらいで、孝弘さんを交えてよく話したり絵を見たり、音楽を聞いた仲だった。

秋月先生は私と孝弘さんは、てっきり結婚すると思っていた人だったのね。それで私の前で孝弘さんと紗貴子さんの話をするのは避けていたようでしたが、秋月先生が上京した時、二人の愛娘（まなむすめ）のサヤカちゃんを交通事故で亡くした後でもあり、二人が話題になった。

その時、秋月先生が最近二人から、勿論別々の機会に、それぞれから相手のことを『ずっと思い続けている』と、真剣に言うのを聞いたと教えてくれたの。

秋月先生も二人は夫婦で毎日同じ屋根の下で暮らしていながら、そういうことを第三者に告白するだろうかと、不思議に思って、またある面何かを心配して言ったのだと、私は考えました。

『まあ、二人の仲の良いこと』と私は少し茶化したように言いました。秋月先生も笑っていました。一粒種のサヤカちゃんを亡くし、その淋しさが一層相手の気持ちを思い遣っているのだろうと、その時は考えていました。

しかし、その後も、二人のことがずっと気になっていました。紗貴子さんは比叡山で遭難して孝弘さんに助けられたのでなく、孝弘さんが紗貴子さんを車で跳ねたということは、勿論秋月先生は知っていなかったことで、美幸ちゃんも初耳でしょう。

それから幾日か考えている時に、ひょっこりと、天啓のように考えついたのです。

私は孝弘さんが紗貴子さんを車で跳ねたのを、十メートル後方ではっきり見ていたのですから。

孝弘さんが車で進行してきて、街路樹の陰で車を止め、何かを待った。そして左前方の木陰から横断歩道を渡り始めようとした黒い傘の女性を見かけて車を発車させました。普通、人影を見ればスピードを落とすか、ハンドルをはねないように切るのですが、私の見た限り、むしろ女性をはねるようハンドル操作をしました。

そして、女性の方も車が来ればはねられないよう避けるのが普通なのに、むしろ車に体当たりするように前に出たのです。

それは絶対に私の錯覚ではありません。

運転者も歩行者も無茶をするものだと、咄嗟に思ったのです。だが、被害者が紗貴子さん、加害者が孝弘さんと知った時、私は動転して立ち竦み、一歩も前に出れなかったのです。

孝弘さんは、驚くような早業で倒れた紗貴子を抱き上げて病院に運び、交通事故でなく、山の遭難事故として処理していたのです。

山中の転落事故の紗貴子さんを孝弘さんが助けたようになっていますが、孝弘さんは、実際は交通事故の加害者の責任から紗貴子さんの一生を見守りたいと求婚し、曲折があって二人は結ばれたのです。

が、私が考えついたのは、二人の仲は交通事故まではぎこちなく、既にお互いに強い愛情を既に覚えながらも、それをお互いとも表現できないもどかしい状態だったと思うの。二人は純真無垢でしたので、お互いの愛が深いだけに一層ぎこちなくなり、ジレンマに陥っていた。どんな切っ掛けでもよい、二人は愛で結ばれることを、二人とも命を賭してでも、それぞれが渇望していたと思う。

二人とも、あの頃は家庭教師のアルバイトをしていた。夕暮れ時に下鳥羽公園の近くで、乗用車の孝弘さんと歩行する紗貴子さんが交差する地点であることを、二人はそれぞれ調べ探し見つけ出していたのよ。

それが、あの事故現場だったの。

晩秋の小雨の降る夕暮れの見通しが悪く人が通らない時刻に、それぞれが相手の思惑を知らないで同じ思惑で事故を起こすことを目的に、街路樹の陰に隠れてお互いとも飛び出して、あの交通事故を為し遂げたのよ。

孝弘さんははねようとし、紗貴子さんははねられようと意識的に別々に行動したのですが、結果は孝弘さんが加害者になり、紗貴子さんは被害者になった。

その後、二人は結婚した。

お互いが、孝弘さんは無論ですが、愛を獲得するための加害者意識を、紗貴子さんもずっと持ち続けていたのだと思う。

自分がはねなければ、自分が飛び出さなければという自責の念を背負い、お互いが相手に申し訳ないという心の負担を持ち続けていたのね。それにサヤカちゃんも亡くしてね、二人とも相手の行為の意味を知らないで、お互いが加害者という意識は持っていて、相手を案じ、『ずっと思い続けている』という言葉になったのだ、と私は考えたの。

それが間違いない確信と思われてきたの。

事故の始終を見ていたのは、私だけですから。それぞれの行為の秘密を隠して蟠(わだかま)りの人生を送るより、お互いが加害者であったことを知らせ合って生きた方が強い愛の確認ができて、より深い人生が送れると感じた私は、二人に別々に手紙を書いたのです。

私の心の中には二人に対する復讐や嫉妬、怨念などは微塵もありませんでした。

唯、私は二人を楽にして上げたいと思う気持ちからでした。

二人から返事はありませんでした。やはり、私は出過ぎたことをしたのかと後悔していました。

そして、それから半年後に二人は深夜の大雨の中を福岡から帰ってきているとき、車がスリップして夜明ダムに転落して死亡したのです。

警察の調べでもスリップによる事故と断定されたと、秋月先生が知らせてくれました。私の手紙が原因であったかと、私は随分悩みました。

それから半年後、私はこっそりと日田を訪ね、二人の車が転落するのを目撃したダンプカーの運転手さんに会いに行きました。

大雨の深夜で、確かに見通しも悪く路面は滑りやすくなっていたが、ダムに転落した車が遠くに見えてきた時には、雨も小降りになっていた。

ダンプの運転手さんは丁度タバコを喫っていたので停車していた。

福岡方面から来た乗用車もあまりスピードを出していなくて、ダンプカーのヘッドライトの中にはいると、何故かライトを消した。それで車の中の様子もよく見えたとのことでした。

男女二人は肩を抱き合うようにしていて、ガード・レールの切れ目のところへダンプカーの前を横切ってまるでダイビングするようにダムに飛び込んで行ったので、その運転手は呆気にとられたそうです。

決して居眠り運転ではなかった。

それも悲愴な覚悟の行為でなく、おかしな表現だけど楽しい旅立ちに見えた、と運転手は摩訶不思議なものを見たように話してくれたのです。

もう、これ以上書くのは止しましょう。また、書くこともございません。カーテンの隙間から曙光が入ってきています。日田はまだ夜明け前でしょう。間もなく月出山岳辺りから日が登り、五条殿や高井岳に朝日がさし、それに三隈川、花月川の川瀬の音が溶け込んでいることでしょう。そんな美しい光景がまのあたりに浮かんできます。

そうそう、この前日田を訪れた時、宴会の後に小料理屋に入ったら、そこのご主人が祇園囃子の『八重桜』を笛で奏でてくれたの。とてもよかったわ。皆、喜んでいた。

日田は九州の紫水晶、アメジストなのよ。

誇りにして下さいね。ご返事はいりません。また、どこかで邂逅できる日を楽しみにしています。

多代

読み終わると、私は衝撃と底知れぬ深い感動に襲われて、冷たい書見台に頭をつけて冷やしました。涙が次々に溢れてまいりました。頭は空っぽの状態でした。やっと体を起こしてお風呂に入り、床についたのは夜半を過ぎていました。

色んなことを考える余力も残っていなくて、すぐに眠りに付いたようです。孝弘兄さんと紗貴子姉さんが結婚五年ぐらい経っていたでしょうか、日田に越してきたのは。

まだ独身であった私は、毎日のように二人のところへ遊びに行き、映画、音楽、文学、美術の話を、紗貴子姉さんの作ったケーキと、孝弘兄さんがいれたコーヒーを飲みながら楽しんだものでした。

「孝弘さんは、私の体が不自由なものだから、掃除、洗濯、炊事、アイロン掛けなど何でも加勢してくれるの。私はあまり手を出さないようにと言っているのだけど」

少し照れ臭そうに紗貴子さんが言っていました。

サヤカちゃんが生まれた時の二人の喜びとかわいがり様は、それはそれは大変でした。しかし、三歳の時にサヤカちゃんは交通事故で亡くなりました。

それから数年たった紅葉の季節に孝弘兄さん、紗貴子姉さんと私の三人でウィーク・デーの人出の少ない日に、日田から、小国、黒川温泉、瀬の本高原を通り、竹田への道をすすみ、江戸時代の参勤交代の松並木を通り、炭酸水の湧水で名高い白(しら)

水（みず）に寄り、黒岳（くろたけ）の男池（おいけ）の名水を求めて回りました。それは九重連山と黒岳をめぐるコースでもありました。

黒岳は針葉樹が殆どなく、落葉樹が全山を被っていますから、その紅葉の美しさは、とても筆舌に尽くし難いほどで、私たちは、唯、歓声をあげるばかりでした。

ところが、黒岳の男池の入口のところを進行中に、老人が急に車道に飛び出してきて、危うくはねそうになり、孝弘兄さんが急ブレーキをかけ、ハンドルをうまく切りましたので危機を免（まぬか）れました。

道脇に車を止めて、孝弘兄さんと助手席の紗貴子姉さんは無理な姿勢で抱き合いながら、顔面蒼白となって何時までも、わなわなと震えていたのでございます。

サヤカちゃんの死で交通事故には敏感になっていたのでしょうが、それにしても、あの恐怖ぶりは、多代さんの手紙を読んで得心がいったように覚えました。

私は再び眠りに付きながら、『ずっと思い続けている』と言った孝弘兄さんの真剣な横顔を限りなくも、懐かしく、いとおしく思い出していたのでございます。

bubble（バブル）

福岡センチュリー・ゴルフ・クラブのインの十五番のティ・グランドを見渡せる眺めのよい所にある茶店にたどりついたとき、桃子はもう金輪際ゴルフはしないと自分に言いきかせていた。三日連続のゴルフ、それも毎日ゴルフ場をかえてのゴルフ三昧の遊興の旅の疲れがでてきていた。足も腰も板のようになって、スイングが出来ない状態になっていた。だが、そんな肉体的疲労より、このような遊びと放蕩ばかりの明け暮れに恐怖をおぼえ、精神的にまいってきていた。

茶店は普通のゴルフ場にあるちっぽけな売店といったものでなく、豪華なレストランのようであった。茶店の総ガラス張りの窓から素晴らしい手入れのしてあるフェアウェイの先に幅百メートルもあろうかという人工の滝が白い瀑布を見せていた。フェアウェイのクロスバンカーの横には枝ぶりのよい松の名木が立っていた。

十一月の中旬というのに十月の上旬ぐらいの暑さであった。汗が夏のようにふき出してきていた。前の組には旅の仲間の三人男に、もう一人フリーで来ていた男が加わっていた。茶店の中では男達も暑さでうんざりしていた。

十五番ティ・グランドにはまだショットできずに待機している組が見えた。

「眺めがよくて、こんなに素晴らしいコースだから、あまり文句は言えないが、客を入れすぎじゃないのかな。それにしても猫も杓子もゴルフをやるからいけないんだ」

と桃子とコンビの男、岡山圭介が大声をあげた。

「お前も猫も杓子のうちの一人でないのか」

圭介より十才ぐらい年上の三十代半ばの小野原武男が茶化したので、隅の方でアイスコーヒーを飲んでいた四十代の男、真木徹が苦笑した。女達は岡山、小野原、真木とそれぞれのコンビの相手の男から冷たいお絞りを手渡され、ソファにぐったりと倒れこんだ。小野原の女の由貴は、小野原の耳もとに口を寄せてひそひそと嬉しそうに話した。小野原が驚いた恰好をした。由貴が自分のスコアーをしゃべったのだろう。女の中では由貴だけが元気で、ゴルフも凄く調子がよかった。

真木の女は四十才近くでかなり疲れているはずなのに、ちゃんと背筋を伸ばして上品に椅子にこしかけグレープ・ジュースを飲んでいた。この女はどこかの高級バーのマダムにちがいない、と桃子は睨んでいた。

　真木と小野原と岡山は、それぞれの女を連れて三日前からゴルフ・ツアーを一週間のスケジュールで始めていた。二日前は沖縄で、昨日は宮崎で、今日は福岡であった。昨夜はこのゴルフ場の一晩五十万円という超豪華な部屋に泊っていた。今夜ここにもう一泊して、明日午前中にもう一度プレーし、ゴルフ場つきのヘリコプターでゴルフ場から福岡空港へ行き、そこから北海道に直行して、北海道で三日間プレーして回ることになっていた。真木の女の節子はもの静かな三十代の後半。小野原の女の由貴は背が高く、都会育ちらしい派手な顔立ちの三十そこそこ。岡山の女の桃子は中肉中背で、抜けるような色白であったが、それがかえって田舎育ちを思わせるようなあどけなさが残っていた。

　もともとは、もう一組五十後半の男の滝の組がはいって男四人、女四人ときっちりゴルフ二組で回ることになっていたが、滝の身内に急な不幸がおきて、滝は参加できなくなった。

　計画を中止しようかと言うことになったが、一週間の旅行のもともとの用向きは、奥さん方にはアメリカの都市を回ってビルディングを買いまくる大事な旅と言っていたので簡単には中止できないことになっていた。一人欠けても残りの三人でアメリカを回り物件を見て、あとは代表格の滝に電話で決済をあおぎ、場合によっては、物件を即座に売りさばいて莫大な利益を予定している重要な旅行であった。だが、本当のところは不動産の売買で儲けに儲けた金をなんとか濫(らん)費して、少しでも心の負担を減らすための旅であった。それもアメリカでなく、国内のゴルフ場を一週間にわたり、愛人を連れての旅だったのである。スポンサーは滝で、滝が全ての金を出すことになっていた。

滝はこの四、五年で急激に成り上がってきた不動産屋であった。前歴がどうであったかなど詮索することもさせない程の勢いがある。

一晩に何億も儲かっているといわれている。四人の男達がゴルフ・ツアーに連れ出す女は、勿論妻でなく、ゴルフができて口がかたく、濫費の旅に疑問をはさまない享楽的な女であることが条件であった。

四人の男達には、それぞれに、極端にいえば数えきれないほどに女はいた。一晩だけのつきあいから、何年もだらだら続いているものもいる。七日間も旅をし毎晩同じメンバーで贅沢な宴会を開くわけであるから性格が偏っていたり、品格がない女は困る。

不動産屋の滝の東京におけるトンネル会社の責任者が小野原で、小野原の走り使いをしているのが岡山であった。岡山は滝と小野原の間の連絡をとって、滝のもとにも出入りしていたので滝も岡山を可愛がっていた。若くて体格がよく頓知のきく岡山はなにかにつけ重宝がられた。大学時代は空手の猛者であった。

今度のゴルフ・ツアーの仲間に岡山がいれられたのは、岡山が用心棒として役に立つと、滝が思ったことが主な理由であった。滝は葬式をすませたらゴルフ・ツアーの後を追うつもりであったが、実母の死であれば、妻の手前アメリカに於ける大商談となっていても、そこまで不謹慎はできなかった。

数年前までは町の小さな一介の不動産屋であった滝が資産何百億円の金持になった幸運を、親不孝な行動でつきを逃がしたくなかった。滝は母親に厄介ばかり掛けながら、不孝ばかりをしてきた。滝は自分が行けなくなっても、真木と小野原と岡山に出発するように厳命した。日頃、滝の手足となって働いてくれていることの慰労もあったが、とにかく儲けた金を使ってほしかった。使わなければ恐かった。湯水のように儲かるからには、湯水のように使わないと不安だった。滝の儲けは、秘かに貯めこんでおこうというような金額をはるかに越えていた。不発弾を処理してきてほしい気持ちだった。濫費は良心であり、贖罪であり、隠れ簑であった。真木は滝の関西における仕事の協力者であった。真木自身も不動産に手を出して、滝ほどではないが利益をあげていた。

小野原は滝の事務所で真木に二、三度会ったことはあったが言葉を交わしたことはなかった。関西の人というのに関西訛りがなく物静かな感じで、不動産屋のような生き馬の目を抜くような感じを受けなかった。

滝がこれなくなって小野原は真木との相性を心配したが、真木は癖のない性格のようで、岡山の連発する駄洒落に腹を抱えて笑いっぱなしであった。

今度のゴルフ・ツアーで滝がこれなくなったので、滝は小野原に支払い用のカードを預けて、一週間六人の旅で、とにかく一千万は使ってこいと命令した。そして、いくらかかったなど真木にも岡山にも知られないようにして存分に遊んでこいと命じた。みみっちいことだけはするな、金はいくらでもあるのだからと念を押した。超一流のゴルフ場ばかりであったから、プレー代も一人一回四、五万はする。旅館での宿泊と飲み食いが一人十万円、移動する交通費を五万とみれば、一人一日二十万、六人で一日百二十万円、七日間で八百四十万円となる。これでも滝の言う一千万円は使いきれない。あとは滝に超高価な骨董品でも買わなければ、とても消化しきれないと小野原は計算していた。しかし、一千万円ぐらいどうという金でもないと、まだ三十代半ばの小野原も考えるようになっていた。

三億円で買ったどうしようもないような土地が、一日たてば五億円で売れるのである。毎日、毎日馬鹿みたいに金がはいってきているのを、小野原は知っていた。豪遊を続ける三組の男と女は茶店では、数日続く豪遊と夜の痴態を隠そうと努力していた。というのはフリーではいりこんできた客があまりに素朴で真面目そうであったので、内輪の話をおおげさにする雰囲気でなかった。フリーの客の二人は隅の方の椅子でコーラを静かに飲んでいた。豪遊の三人の男に比べると、あまり汗もかいていないようであった。

昨夜は深夜まで大酒を飲んでカラオケを歌い、その後男たちはマージャンをうっていた。

あれだけの不摂生を続けていれば、ふき出てもふき出ても止まらない汗が体内に溜まっていても不思議でないと、豪遊三人男の顔を桃子はぐったりとソファに身をもたせながら見ていた。

「このゴルフ場の会員券はいくらぐらいするのかな。この豪華さであれば五千万はするじゃろ」

と岡山が茶店の若い子に聞いていた。

若い子は恥ずかしそうに微笑んで、私たちはそんなこと知りませんと答えた。

「田舎の女は可愛いいよ。知ってても知らぬふりをする。銀座の女とは大違いだわ。会員券を一枚印刷すれば、五千万はしますわ。これはぼろい商売だわ。いくら刷っても誰も何も言わんのですからな」

岡山がカンビールを片手にわめき始めたので小野原が、さあ行くぞとうながした。

実際このゴルフ場は半年前に会員券を二千五百万円で売り出し、一ヵ月ごとに五百万円ずつ値上がりして現在は五千万円していた。それでも売れて売れて仕方がなかった。事務所の机の上には百万円の札束が邪魔物のようにごろごろしていた。

夕方五時すぎにラウンドを終わった。十一月上旬の気持ちよい秋の夕暮れであった。渡り鳥が広大で素晴らしくきれいなゴルフ場の上を名残り惜しそうに隊列をなして飛んで行く。

素晴らしいゴルフ場というのは、ホールアウトしてグリーンからフェアウェイの方を振り返った時にわかるものである。

世界の名門ゴルフ場をしょっちゅう回っている真木は、小野原と岡山に声をかけて、このゴルフ場は世界にも通用しますよと言った。

男三人と女三人は別々の風呂にはいった。昨日まで、それぞれ男女のコンビで家族風呂にはいったが、ゴルフ旅行も四日目となると、そんなことをする気もおきてこないでいた。むしろ男同志、女同志で入浴する方が話題も多く楽しいようであった。ゴルフ場から五十メートルほど離れた山裾の庭園の中にある宿は日本風のつくりであった。一泊五十万円の部屋は五ＬＤＫであった。皆で食事する豪華な部屋は二十畳もあった。それに十畳のひかえ室、ツインの寝室が三つついていた。六人までは何人でも同じ五十万円であった。それも最高の食事つきである。浴室が三室あった。昨日はそれぞれ男女のコンビで利用したが、今日は男三人、女三人に別れて離れの大浴室にはいりにいった。

大浴室はアプローチから浴室までの壁から床まで総（そう）大理石張りで、床の大理石の上にはお湯がかすかに流されていた。

男三人、女三人はそれぞれの大浴室にはいった。あまりに素晴らしい風呂であったために、今日のゴルフの不出来さも話題にならなかった。昨日までの三日間、男女のコンビで稚気みたいに浴室で騒いでいたのもうそみたいに静かな風呂であった。

食事は二十畳ある部屋に用意されていた。昨日も同様であった。

海と山のよりすぐられた逸品が豪華に料理されていた。一品ごとに頃合いを見計らって持ってきた。ゴルフで腹のへった一同は次の料理が待ちどおしいぐらいであった。最初は空腹をいやす腹にたまるものであったが、空腹感がおさまるにつれて、特に味のよい名品や珍品が少量ずつ出されるようになった。

昼間のゴルフでいくらでもビールを飲める状態の六人は、生ビールを続けて何杯ものんだ。それは息もつかせぬ飲み方であった。

ふき出る汗は、むしろビールを大量に飲むことによって汗は止まった。冷たいビールによって体が冷えたためであろうか。喉の乾きがやっと落ちついた六人は、饒舌になっていった。二十畳の部屋の輪島塗りの豪華な飯台の上には山海の珍味が山盛りであった。

「それにしましても、真木さんのドライバーはよく飛びますね。一緒にまわったフリーのおっさんが目を丸くしていましたもんね。年令は同じくらいなのに八十ヤードぐらいオーバー・ドライブしていましたものね」

と岡山が真木を持ちあげるように猫なで声で言った。

「ええ、今日はよく飛びました。このゴルフ・ツアーに出る前日にアメリカ人の友人からビッグ・バーサーというメタル・ドライバーを送ってきましたので、バッグに入れて来たのですがね。自信なくて今日はじめて使ってみたのです。スィート・スポットが広くて少々芯をはずしてもよく飛びますね。自分でも驚きました」

「ビッグ・バーサー、そういえば今話題のドライバーですね。世界を駆け回る、さすが真木さんですね。アメリカの友人から直送とは凄い。これからは、もうメタル・ヘッドの時代ですね」

と小野原もお追従を言った。

「赤川プロもパーシモンに拘らずにメタルに替えないと、ジャンボには勝てないかもしれませんね」

岡山が話題を広げるように言った。女三人も皆水商売であるのでよく飲んだ。ビールで喉の乾きがとれると、ワイン、ウイスキー、ブランデーとそれぞれの好みを注文していた。それも超特級品ばかりを注文していた。

昨日、宮崎のフェニックス・トーナメントの前日のプロ・アマ戦で男三人は赤川プロと組んで回ってきたのだった。赤川プロはトップ・プロ中のトップ・プロである。滝が前から赤川を後援していたので一緒にラウンドできた。余程のことがないと赤川などとは回れない。滝が来れなかったので、替わりに岡山がラウンドした。

「赤川プロもあと三年でシニア入りですからね。それにしても、力が落ちましたね。ドライバーの飛距離は真木さんや小野原さんとあまりかわりませんもんね。そりゃ、寄せやパットはさすがですがね」

岡山はトップ・プロの赤川とラウンド出来た幸運さを喜びながらも、反面、真木や小野原を持ち上げていた。赤川プロとラウンドした礼金として滝から赤川プロへ何百万円かが渡るはずだ。

「滝さんも、赤川プロは超トップ・プロで〝世界の赤川〟になってしまったので、後援のし甲斐がなくなってきたと言っていました。若くて未知数な者を育てあげるのが楽しいのだと言っていましたね」

小野原がいかに滝の近くにいるかを誇示するように言った。

「それなら赤川プロの弟子で、歌手で女優の如月あかりの息子の北岡勝がよいでしょう。顔もスタイルもいいし、なかなか有望と聞いていますが」

と岡山が得意げに言った。

如月あかりと北岡勝の名が出たので、女たちが嬌声をあげた。

真木だけは一人微笑をたたえながらも静かに話を聞いていた。軽率なことは口にしない慎重なタイプのようであった。ひとしきり女たちは俳優や銀座のクラブに出入りする客たちの話でにぎわった。一本百万円もするブランデーやワインが一晩に何十本もでるとか、ホステスの着物にわざと酒をこぼして、その何倍もする一千万円近い着物を買い与えて関心をひこうとしたり、気にいられたドア・ボーイが客から外車を買ってもらったりと言ったおぞましい話が続いた。だが、そのおぞましいことを自分らもやっていることに気付くと話は下火になった。

その時、突然桃子が、

「私、今日一緒にラウンドした田舎風の町工場のおじさんが大好きよ。大変な評判のこのゴルフ場でどうしてもプレーしたいと、やっとお金を貯めて今日きたんだって。一生の思い出になると、嬉しそうにしていたね。一打一打をそれは丁寧に打っていた。私が小さい頃よく見ていた田舎のお百姓さんや、工員さんたちは、皆んな汗水たらして朝から晩まで働いていた。なにが一本百万円のブランデーよ。おいしくも何もないのに」

と興奮して言い出した。酔いも回って来ていた。

「おい桃子、お前何を言っているのだ。こんな豪華な旅行をさせてもらっているのに。田舎もんだから困る。いつまで子供から成長しきらない。こいつの両親は早く死んだものだから、酔うといつも昔の子供の頃を懐かしがるのですよ。おい、部屋に行こう」

とまだ何かを言い出そうとしている桃子を肩にかつぐと、岡山は連れていった。

座が白けた。由貴が憎々しげに、

「だから、あんな小便臭い田舎娘を連れて行きなさんなと、岡山にあれだけ言ったのに。育ちの悪い者には、贅沢にも大切な意味があるのがわからんのよ。今の日本は贅沢のしあいこをしないことには成り立たないのよ」

と言い出したので、今度は小野原が由貴を制した。

「今夜はマージャンは止めて、マッサージでもしましょうか。明晩は北海道ですからね」

小野原が真木と節子にすまなそうに言った。

真木と節子は微笑を絶やさず静かに頷いた。

節子と由貴が一歩先に部屋を出ていくと、小野原は真木をつかまえて、

「この景気は本物でしょうか。また何時まで続くものでしょうか」と真剣に尋ねた。

真木はしばらく答えなかった。

「先程、桃子さんが言ったように実際に物をつくっている底辺の人々には、この景気の影響は殆ど関係はない。地についた好景気では全くありません。上の方の虚

構の宙に浮いたところで、土地やビルをキャッチボールのように投げ合いをして儲けあいをしているだけです。実質はともなっていませんので、何時か大暴落がくるでしょう。ただ、何時それが来るのか誰にもわかっていません。人間欲が深いから、手を引けないのですよ。私にも詳しいことはわかりません。人間喜劇の真っさい中ですわな」

と真木は苦渋にみちた顔をして言った。

岡山圭介と桃子の部屋では、岡山が浴衣を脱いで肌着になってビールを飲んでいた。桃子に恥をかかされたので不貞腐れていた。

桃子は少し酔いがさめてきたようで、青白い顔でベッドに寝ていた。豪華なツイン・ベッドルームで桃子の体はベッドに吸いこまれ、一寸見た目は誰も寝ていないようであった。

「圭介、あなたこの頃三億のビルを買ったと言っていたね。あれ本当ね」

眠ったかと思っていた桃子に声をかけられ、圭介は驚いた。

「ああ、本当だよ五反田の駅近くの立派なビルさ」

「お金も担保も持たないあなたが、何で三億もするビルが買えるの」

「銀行が、一銭も持たない俺に、時価三億円するビルを担保にして、三億円貸してくれたのさ。それが一週間でもう七億するんだぜ。俺は一週間で四億円儲かったというわけ。今売れば丸々四億円の現金が残るのさ。だから銀行はさらに四億円を貸してくれたの。それで今三億円のビル代を二十年間で支払うようにして、さらに十億円の板橋のビルを買うことにしている。その十億円のビルも一ヵ月もすれば二十億円になる寸法だそうだ。だから俺はこの一ヵ月で、お金は一銭ももたないのにふたつで二十七億のビルを手に入れ、借金は三億と十億で十三億。その差額十四億円を儲かったわけさ。ビルの支払いは二十年分割にしてあるから手元預金通帳にはまだ十億残っている。小野原さんから西新宿の地上げに加わらないかと言われているので、うまくいけば三十億ぐらい分け前がもらえるぞ。どうだい、この俺の凄腕は。お前も貧乏根性をたたきなおして、金持ちの俺の女として豪勢にふるまえ」

「圭介、止めてそんな甘い話。売買ゲームみたいなこと。考えて見てごらん、うまく行くわけないいじゃない。不動産業者がお互いに土地の値上げっこして、それを銀行が、銀行自身を大きくするために金を貸し出しているだけよ」

「お前は何もわかっていないな。この狭い日本の土地は限られているから、これからもいくらでも値上がりするさ。歌手の万好夫なんかも資産何千億というじゃないか。もう歌手なんか止めて超一流企業人だぞ。お前知っているか、今東京の都市部だけの土地代でカナダ全土を買えるのだぞ。あの何千倍も広大なカナダの土地が日本、それも東京の面積で買えるのだぞ。日本は凄いだろう」

「圭介なにを言っているのよ。こんなに狭くゴミゴミしてきたない東京とカナダを一緒にするなんて馬鹿馬鹿しいわ。あの広々としていて、自然が豊かで、天然資源も豊富な国と東京を比較するだけでも、ちゃんちゃらおかしいわ。カナダの人が売るものですか。もうじきに土地も株も大暴落よ。早く売ってしまいなさい。そうすれば今なら何億かは残るわよね、お願い。じゃないとあなた破綻するわよ」

「馬鹿言うな。滝さんも小野原もすすめてくれている。まだまだ大丈夫さ。銀行は借りてくれ、借りてくれなんじゃ。銀行の保障つきだぜ。今朝、このクラブ・ハウスのゴルフ・ショップに五百万のカンガルーのゴルフ・バッグが売っていたので、お前にプレゼントしようとおもっていたら、夕方見たら売れてなくなっていた。今は千万、二千万ははした金よ。お前がいらんことを言うからまた興奮して汗がでた。風呂にはいって汗を流してこなければならなくなったじゃないか」

と岡山は立ちあがると肌着を脱いですっ裸のままで浴室にいった。

「何が五百万のカンガルーのゴルフ・バッグよ、私には何の価値もないわ」と桃子は叫んだ。

しばらくするとお湯のはいっていない浴槽に体ごとガタッと落ちたような音がして、圭介の大きな苦痛のうめきがきこえた。

浴槽の泡の中に圭介が沈んでいた。

「お前浴槽のお湯抜いていたのか。石鹸の泡が浴槽一杯に溜って見えたので下にお湯があるとばかり思って飛びこんだ。これは息も出来ないように腰がいたい。お前風呂にはいったあとぐらい、泡を流しておけ。大けがするところだったぜ」

「あなたが浴槽をよく見ていないからよ。泡があったら流してはいりなさい」

桃子は浴槽にはまりこんだようになった圭介の手を懸命に引き、肩を抱いておこそうとしていた。

LB300T

ＬＢ３００Ｔとはホンマというゴルフ用具製作会社から発売されているドライバーのことである。私の手元にあるのはヘッドがシルバー色で、シャフトは玉虫色の金紫色の四十四インチで、ロフトは十・五度。ＬＢはLow Balance、ＴはTitanの略である。３００は記号である。私はゴルフは一向に上達しないのに、クラブに良いものがあると聞くと、すぐに目移りする質で、これまでもいろいろの物を買ってきていた。現物を見て買ったものもあれば、カタログを見ての通信販売のものもある。

なかには一度も使用されずに、買ってそのままお蔵入りしているものもかなりある。これはＬＢ３００Ｔにまつわる話である。

私がゴルフを覚えた十年前頃は、パーシモン（柿の木）ドライバーの時代であった。

ゴルフの歴史がはじまって以来、パーシモン以外のドライバーのヘッドを実用に考えることは殆どなかったようであった。ところが、十年程前からパーシモンに替わってメタル、カーボン、チタンといったいろいろな素材がヘッドに使用されはじめた。

私も遅れまいとメタル・ヘッドの試打会に行ってみたが、スイングそのものの未熟さが一番なのに、メタル・ヘッドがうまくヒットせずに、とても自分には向いていないとあきらめた。パーシモンに比べると打球感がメタルは硬くとても力不足で打てないと感じた。

パーシモン独特のヘッドに吸いついて、一呼吸おいたようにボールが離れていく柔らかさが、下手な私にもわかっていたので、私はパーシモンにこだわった。だが、二十代、三十代の若者とラウンドする時、彼らの球の行方の不安定さはあっても、メタルやカーボンの真芯でとらえた時の打球の速さと飛距離には、とてもかなわないと思い知らされてきた。特に雨の日はパーシモンは吸湿性が強いために、打球感が弱く情けない程に飛ばなく感じた。

私は、先ずカーボン・ヘッドのドライバーを買った。だが、私が予定したようには飛距離が出ず、打球感も得られなかった。メタルは打ちきれないという先入感があったので、また別のパーシモン・ヘッドを買い求めたりもした。

それでも、飛距離は落ちるばかりで友人が経営しているゴルフショップの店長でゴルフに精通している人に相談をした。彼は私のスイング、背筋力、握力、身長、体重からメタルを打てると判断した。そしてシャフトをRからSに替えるように勧めてくれた。

RとかSとかXというのはシャフトの硬さのことで、Rは柔らかく鞭のように撓って球をとらえて遠くへ飛ばす。ところが、膂力があってヘッド・スピードの速い人がRを使うと、あまりにシャフトが撓り過ぎて正確に球をとらえきらず、また撓りのためにかえって球が飛ばない。膂力がある人は、むしろ鉄棒のような硬いシャフトの方が合っているのであるらしい。男子プロは殆ど一番硬いXを使う。

SはRとXの中間であった。私は年令、体力からRが自分に合うと思っていたが、Sで打てるという。その方が方向も飛距離もでる。私は彼の進言によってブリジストン社のメタルの四十三インチのSシャフトを買った。

最初は違和感があってなかなかあたらなかったが、だんだん慣れてくると、確かにパーシモンやカーボンにない、かっちりとした打ち応えがあった。ストロング・ストレートというのか、ストロング・フェードと言うのか、四十五度の角度で球が真っすぐに驚く程にとび、前に比べると五十ヤード以上も飛ぶことがあった。

私は飛距離に関しては救われた。ゴルフで飛距離が落ちることは、心底情けない思いをするのであるが、メタルに替えてからはかなりの飛ばし屋とラウンドしても、そんなに引け目は感じずにすむようになった。

あれ程愛用したパーシモンは倉庫の奥の方に放りこまれた。

ところが、メタルを使い始めて、かれこれ一年程たった頃から、以前のような当たりが出なくなってきた。勿論振りが悪くなったのが一番の原因であったが、その頃からチタンのドライバーが大変飛ぶという評判がおこり、続々と新製品が登場してきた。新し物好きの私は、欲しくなってはいけないと、出来るだけチタンに近づかないようにしていた。

だが、実際にチタンを使ってラウンドしている人の球がよく飛ぶし、メタルからチタンに替えて十~二十ヤードは飛距離が伸びた話や実際の打球を見ていると、私の心は騒いだ。

そこで秘かにチタン・ヘッドの勉強をした。

それによるとチタンは数年前に既に発売されていたが、あまりブームにならずに火は消えたかに見えていた。だが、半年程前からまた火の手があがり大ブームを呼んでいた。

最近になり各社からいろんな種類のものが出ていたが、その再燃の先駆的な役割を果たしたセイコー社のものは、製造が間に合わず、当分の間手にはいりそうになかった。

誰もかれもが使っているのは、私も使いたくなかった。

そのうち、あるゴルフ雑誌に広告の出ている通信販売にしかないものが、型も色も気に入ったので電話で申し込んだ。代金を銀行に振り込めばすぐ発送するとのことであった。

私は妻に振り込みのことを頼んで、かなりの高額のものであるので、一寸心配になり友人の経営するゴルフショップに行った。

この店から購入するのでないので気がひけたが、ゴルフに詳しい店長に故意に何気なさそうに、通信販売のチタン・ドライバーの評判を聞いてみた。店長はそのドライバーのことも知っていて、ヘッドは悪くないようですが、シャフトが一寸もの足りないとのことですよと言った。店に出入りしている人が買ったのを見たが一、二度使って、使うのをやめたと言っていましたと付け加えた。

私はすぐに妻に電話して銀行振り込みを中止させた。

翌日東京の通信販売会社から、まだ振り込みがないがどうしたのかという催促の電話があり、私は困惑したが、はっきりさせた方がよいと考えて、シャフトのことを正直に言った。先方もそういう苦情があっているのか、それではもう一段値の高いものにしてはどうですかと言ったので、私は鼻白む思いがして、はっきりと断った。

このことがあって、私のチタンに対する熱は覚め、じっくり考えて良い物を選ぼうと考えるようになった。

それから半年ぐらいして、ゴルフをして帰ってきてビールで気持良くなった私は、ゴルフ道具を雑然と置いてある物置に入って何気なく道具を手にしていると、日頃見かけない黒でホンマと字のはいっている赤いヘッドカバーを被ったドライバーを見つけた。カバーを取るとシルバー色のヘッドが出て来て、シャフトは玉虫色の金紫色をしていた。

ヘッドの頭にはＨｉｒｏ・Ｈｏｎｍａ、ＬＢ３００Ｔと書かれてあった。

これは明らかにチタンである。だが、私には全く記憶のないものであった。どんなに考えても、何故ここにチタン・ドライバーが存在するのか、どんなに頭を捻っても思いつかなく、考えれば考えるほど頭が混乱した。

チタン・ヘッドのフェイスの上部に小さな傷が沢山ついている。これは明らかに既に使用している証拠であった。ますます頭が混乱した。買った記憶がない、使った記憶がない。

それであれば、誰からか貰ったのか。私は考えこんだ。

この一年の間に、私は二人の友人を亡くしていた。一人は大学の後輩で、爽快で誠実な医師であった。もう一人は中学時代からの友人で、広く事業を行っていて親友であった。

二人とも脳出血であった。

医師の方は桜が満開の四月上旬に歓送迎会の挨拶中に倒れ、殆ど瞬間的な死であった。

親友の方は、その一年後の三月初めの桃の花の盛りの日に、ガス中毒で入院している知人を訪ね、その病院のトイレで倒れ半日後に亡くなった。

四十九才と五十六才の若さであった。

死の直前まで大変元気にしていたのであったから、周囲の人々の衝撃は大きかった。私もしばらくの間、呆然自失といった日々が続いた。ＬＢ３００Ｔを倉庫で見つけたのは、親友がなくなって三ヵ月もたった頃であった。亡くなった二人はともにゴルフが大好きで、また上手であった。

シルバー色のヘッドとシャフトが玉虫色の金紫色といった一寸替わった組み合わせのＬＢ３００Ｔを、自分で買ったのでなければ誰かに貰ったに違いない。しかし、どうしてもはっきりした記憶がない。貰っているのであれば、かなり高価なものであるので、しかるべきお礼の言葉も述べている筈である。

後輩の医師からは、確かに形見として、私はパーシモンのドライバー、ダンロップ社の Windsor falcon、四十三インチのスチール・シャフトRを貰っていた。

ウインザー・ファルコンは〝英国王室の隼（はやぶさ）〟という意味で、日本流に言えば〝皇室の鷹〟とでもいうのであろうか。王室が鷹狩りに使う俊敏な鷹ということをドライバーに命名したのであった。その名のとおり素晴らしいドライバーで、フェイスには大理石色のカーボンが張られ、それには亀の甲みたいなマークがあり、底にはウインザー家の家紋のはいったいかにも風格があった。実は、数年前から私は、このクラブを見知っていて、ハンディー二十をきったら、なんとしても手に入れたいと秘かに狙っていたものであった。

後輩の医師は公的な診療所に勤務していて、地域の住民に絶大なる信頼があった。彼の死後、追悼文集が編纂されることになり、私も大学の先輩である立場から、その一員に選ばれた。文集の完成も間近かに迫った日の、初盆まいりに四人の編集員と行った折りに、奥さんから、夫の形見としてゴルフ・クラブを持っていってほしいと言われた。既に大勢の人が形見分けをしてアイアンやパターを持っていっているようであった。

ゴルフ歴二十年近く、ハンディーもシングルになろうかという彼は、アイアン・セットでも三組ぐらいも持っていたと思われた。ゴルフ仲間でなければ、ゴルフ道具を形見に持って行く人は先ずいないのであるが、それでも櫛の歯が欠けたようにゴルフバッグが淋しくなっていた。

死の一年程前に、彼はゴルフ専用の純木製の収納タンスを買っていた。その中には彼が使っていた帽子、タオル、靴下、シャツ、靴、ゴルフバッグなどがきちんと整理されていた。純木製のタンスと彼の香気が入り混じって、ほのかに匂った。

「息子もまだ高校生ですから、ゴルフを始めるとしても、あと二十年はかかります。その頃にはゴルフ道具も進歩しているでしょうし息子もゴルフをするかどうかわかりませんので、どうぞ主人の形見として、どれでもお持ち帰りになって下さい」

と奥さんは初盆まいりの四人にいった。

なかでゴルフをするのは、私一人であった。

私はタンスの奥の方にひっそりと立っているドライバーに目をとめた。信じられない思いで手に取ると、私が憧れていたウインザー・ファルコンであった。

「ドライバーもいいのですか」と私は奥さんに半信半疑でたずねた。

奥さんはうなずいた。これまで訪ねた人が高価なドライバーに恐れをなしたのか、使いきれないと思って遺していたのか、私はウインザー・ファルコンをいただいて帰った。だが、その頃、私は既にブリジストン社のメタル・ドライバーのレキスター・プロMV、ロフト十度、シャフトSを使用していた。

その頃、結構良い当たりをしていて飛距離もパーシモンに比べ三十ヤードぐらい伸びていたので、ウインザー・ファルコンは倉庫に奥に入れて大事に保存していた。それで、私はLB300Tをみつけた時、ウインザー・ファルコンとLB300Tを間違えたのではないかと思って倉庫をのぞくと、ウインザー・ファルコンは倉庫の奥に静かに立っていた。私は医師のもとからウインザー・ファルコンの他にもう一本ドライバーを持ち帰ったのではないかと思った。

奥さんに聞く訳にもいかず、彼がいつもゴルフをしていた仲間の一人に尋ねた。

「いや、あの先生は頑固でパーシモンに固執していましたので先ず、そのLB3

00Tは先生の持ち物ではなかったと思います。ましてや、普通メタルからチタンに移りますから、先生がチタン・ドライバーを持っていたことはないと思いますよ」

と確信をもって答えた。あのウインザー・ファルコンを使いこなしていたら、メタルやチタンに替える必要はなかったと私も思った。

それで、幼友達の親友のことを考えてみた。

彼は手広く会社を経営していて、ゴルフ好きが高じてゴルフ・ショップを開いた。損得を度外視していると彼は言っていた。彼は、私がゴルフを始めて一時中断していた頃にも、使い古したものではないが、よくドライバーやアイアンを持って来て、使ってみらんね、と置いていっていた。

ゴルフが下手な時には、あわてて新品を買うことはない。ゴルフがわかり出して本当に自分に合うものを選んで買ったらと、彼は助言してくれていた。私の家を訪ねる時、彼はおみやげを持って来るのが常だった。それは彼自身の好物である魚介類の干物、たくあんや高菜漬け、そしてチーズやバターでつくった飴などであった。

大きな紙袋に一杯に入れたものを、食台の上にどさっとおいて、「食べてみなはい」と言うのが彼の癖であった。それと同じような極ありきたりの感じで、彼は私のところにゴルフ・クラブを、どっさり持って来てくれていた。私もゴルフをよく知らなかった頃で、すぐに使ったものもあったし、全く放置していたものもあった。

彼が来た折に、私が使っていないとわかると黙って持ち帰ることもあったし、他の人に借すために、店員に取りにこらせることもあった。

私のゴルフが少しゴルフらしくなった頃から、彼は時々私をゴルフに誘ってくれた。彼はシングル少し手前の腕で、特にロング・アイアンが好きで、当時プロが愛用していたストレート・ネックでソールの幅が狭いカミソリの刃みたいな、今から考えると大変難しい技術のいるレキスター・プロというアイアンを使いこなしていた。

残り二百ヤード以上もあるのを三番アイアンでかすかな柔らかい音をたて、ほんの一寸のタフを取って見事にオンさせた時など、惚れぼれとするような当たりに私は興奮したものであった。その頃の彼はドライバーはパーシモン一本槍で、メタル・ヘッドを邪道と思っていたようであった。その頃の彼は飛距離も大変なものであった。

だが、そんな彼も持病の内臓疾患で、少しずつ力が衰えて来ていて、それがゴルフにも出て来ていた。その頃、私は彼の店の店長の助言でパーシモンをメタルに替えた。ブリジストン社のレキスター・プロMVでロフト十度、四十三インチである。店長からその後少しして、彼も私と同じドライバーに替えたことを知らされた。

彼の兄が、シングルの腕前で、その兄が使用していたからであるらしかった。

それからしばらくして、私は彼とラウンドしたことが二、三度あったが、彼にはそのドライバーがいまひとつ、しっくり合っていないようであった。体力も落ちていたが、スイングそのものも昔みたいにきれいな弧を描いていないように、私には見えた。

そんな彼が私の家にチタン・ヘッドのドライバーを置いていったのだろうか。私はゴルフ・ショップの店長を訪ねた。

「社長はずっとパーシモンが好きで、ずっとパーシモンに拘っていました。一年程前に、飛距離が落ちたのもひとつの原因ですが、メタルやチタン全盛時代に、ゴルフ・ショップを経営している社長がメタルを使っていなくてはお客さんに申し訳ないと、メタルを使いはじめたのですよ。しかし、社長にはいまひとつ相性がわるかったようですね」

「ところで、社長はチタンは使っただろうかね」

と私は、私の家の倉庫で発見したＬＢ３００Ｔのシルバー・ヘッドを店長に見せて尋ねた。

「いや、社長はもともとパーシモン党でしたからね。ブリジストンのレキスター・プロに替えたのも時流に乗って、メタルを使ってみたようでした。私にも、あまり当たりがよくないと嘆いていました。もうしばらく、我慢して使ってみようと言っていましたがね。ですから、とてもチタンは使っていないと思います。社長はゴルフ道具を買う時は勿論この店のモノでしたから。私の記憶には社長が、ＬＢ３００Ｔを手に入れたようなことはありません」

「そうですか、私には、このＬＢ３００Ｔを買った記憶がないのですよ。だけど、買っただけでなくて少し練習しているようなのです。フェイスの上の方に小さい傷がかなりついていますからね」

「全く記憶がありませんか。私も売った記憶がない。それであればＬＢ３００Ｔはどこから来たのか。ＬＢ３００Ｔはホンマのパーシモンのモデルをそのままチタンで作ったのです。ホンマのパーシモンはそのくらい逸品なのです。ただ、ＬＢ３

00Tはチタン・ヘッドでは第一世代なのですね。ヘッドが最近のものより少し重い。その分、容量も小さい。最近のはヘッドがよりデカくなっているのに振り抜き易い。スィート・スポットもワイドになっているのです。しかし、上級者にはLB300Tに熱烈なファンがいるのですよ。LB300Tが売りだされたのは数年前でした。その頃、私はこの店を一時離れていた頃ですので、その間に買っていれば前任者が知っているかもしれません。彼は隣町に住んでいますので、聞いておきましょう」

私はバーゲンセールで二、三回買い物をしたことのある隣町のゴルフ店にも行って尋ねて見た。LB300Tみたいな名品はバーゲンに出ることは殆どないし、この店では記憶がないという。

その帰りに、営業用の車から降りて来た親友のゴルフ・ショップの前任の店長に会った。

LB300Tシルバー・ヘッドのことを彼にたずねた。

彼はしばらく考え込んでいたが、確かにLB300Tのシルバーとゴールドを一本づつ売った記憶があるという。だが、それが私であったかどうかさだかでないという。

その夜、前店長から電話があった。

「私が店長をしていた頃、アルバイトで来ていた女の子に電話をしたら、覚えていましたよ。買った人は中年の男性で、ある日、閉店間際に一人できて、十分間程迷っていたが、ＬＢ３００Ｔを買って帰ったそうです。その時、ＬＢにはヘッド・カバーがついてないので、パーシモンのブルーのカバーでよいと言って、大事そうにチタン・ヘッドに被せて持って帰ったそうです。その子はブルーの色が大好きで、記憶に残っているそうです。青いヘッド・カバーをお持ちですか」

「赤でなく、ブルーのヘッド・カバーですね？」

と私はもう一度たずねた。自分のものは赤である確信があった。背筋がひゃっとした。それであれば、ＬＢ３００Ｔはどこから来たのか。

「でもあれだけの名品で、高価なものを買った記憶がないとは珍しいですね」

前店長はあきれたように言った。

私は電話を置いて倉庫にいってみた。私のものは確かに赤であったと思っていた。女の子の売ったのはブルーのヘッド・カバーという。

倉庫に入ると、赤いヘッド・カバーを被ったＬＢ３００Ｔシルバー・ヘッドのドライバーはゴルフ・バッグの中にひっそりと立っていた。

あとがき

今年（平成三十年）の梅雨から真夏にかけての天候は大変な状態で、雨、風、気温、熱中症、どれをとっても恐さを通り越して、この世の終りさえ感じさせました。

私もあと半年で八十歳。

終戦の年（昭和二十年）が小学一年生でしたので、この七十三年間は意識の中に存在します。だから、本当に気候の激烈を覚え辛艱しました。「あとがき」を書く力が湧いてきませんでした。

本書『霧の町』に納められた八作品は読み返すと、過ぎし日を思い出し、動悸が打ち、涙が滲んだりしました。バブルの時代にゴルフを始め、ドライバー、パターなどをよく買ったのを思い出して、苦笑いしました。

どの作品も三十年以上前に書いたもので、読み直すと、我ながら一生懸命に書いているのが分かり、若いということが、いかに努力を誘うかがわかりました。

この十年間は殆ど小説は書けなくなりましたが、私の作家としての生涯を、弦書房の好意で、文庫判で集成できたことを心から感謝申し上げます。

私の拙作を誠意をもって、切実に解説して戴いた作家の前山光則様に深甚からお礼を申し上げます。まだまだ深いお礼を書きたいのですが、私には、もう力が出てきません。

とにかくお礼を申し上げます。

弦書房の代表・小野静男様に、深く深くお礼を申しあげます。

河津武俊

平成三十年八月二日

［解説］霧深い盆地の町で、時代と共に

前山光則

この文庫判作品集『霧の町』の収録作品は、全部で八編である。そのうち「晴れ間」「霧の町」「夜の叫び」「春の水」の四編は、昭和五十九年（一九八四）六月、作者四十五歳の時に刊行された私家版作品集『富貴寺悲愁』に収められている。河津武俊氏が大分県日田市内に内科医院を開業したのが昭和五十年（一九七五）、三十六歳の時であった。以来、医師として多忙な日々を送りつつ、一方で小説の執筆にも励み、昭和五七年（一九八二）十月には初めての作品集『山里』を私家版で刊行する。だからその二年後の『富貴寺悲愁』は、二冊目の著書であった。医師としても作家としても新進気鋭の時期、実際、作品にもエネルギーが溢れている。

まず「晴れ間」だが、日曜日の朝、当直明けの医師である「私」を看護婦が揺り起こす。救急の要請が来ていたのである。「私」をはじめとするスタッフは、山奥の現場へと向かう。そこには、山仕事をしていて倒木に当たって死んでしまった主

婦の死体があった。主婦の夫は、「子供達に何と言って、言い訳したらよいのか」と嘆く。検死官も来て、主婦の死亡の確認が終わる。これで一応事態は収まるのだが、「私」は重たい気分から逃れられない。釣りマニアである運転手Zさんが、山に来たついでだから釣りでもすれば気が晴れる、と言い出した。実際、谷を流れる川では山女魚が釣れる。それを間近に見ようと渓流へ近寄って行きながら、しかしやはり「私」はさっきの男の人の「子供達に何と言って、言い訳したらよいのか」との嘆きを思い出すのであった。この一編は四百字詰め原稿用紙で二十枚ちょっとぐらいの、文字通り短編である。それでいて、現場の悲惨な状況も当事者たちの非常に微妙な感情も、そして医師である「私」の複雑な気持ちもよく描かれている。短いながら中身の濃い作品である。

表題作「霧の町」は、ある夜、病院に救急患者が次々に送られてくる。院長不在の時で、R医師はまだ未熟な身でありながらその対応を強いられる。初めは駅で転んで打撲のひどい老婆、次に腸閉塞状態の男、三番目には尿が出なくなって苦しんでいる男、という具合である。R医師は院長が帰ってくるまでの間、苦心して老婆の頭を手術し、どうにかしてあげようと奮闘する。やがて院長も帰ってきて本格的な手当てと手術が行われるが、その甲斐もなく老婆は息果てる。夜遅く、皆を励ます立場のM主任から飲みに行こう、と誘われる。M主任に言わせれば、病院勤務を辞めたいと言い出した看護婦が出た、しかし、「あれぐらいで驚いていたら、生きて行けない」と励ましてやったのだそうだ。R医師はこのM主任の明るさに癒されながら、それでも老婆の連れていた幼女や看護婦たちのことを思うのだった。

小さな病院や地方の病院では、救急の場合、医者は自分の専門分野以外のケースにも対応しなくてはならぬ。専門分野であっても未熟の場合がある、そのような折り、しかしながら待ったなし、猶予は許されない。医療現場は厳しいのであり、そこのところが実によく描かれている。さらに言えば、作品の題名「霧の町」は本書全体を象徴すると言ってよい。霧の発生の多いことで知られる大分県日田市に居住して、作家はその風土を作品に反映させてきた。収録作品すべてにそのことは言えると思う。

「夜の叫び」がまた緊迫感に溢れている。梅雨季、雨が本格的に降りだして三、四日経ったある夜、自動車に撥ねられて重体の男の子が病院へ運び込まれた。医師である「私」はすぐさま対応するのだが、男の子には老婆がついてきていて、必死にこの子を助けてくれと懇願する。「私」は、この男の子に老婆以外の家族が来ないのを不審に思いながらも必死の手当を行う。だが、やがてこの子の母親は三年前に中耳炎がひどくなっての敗血症で担ぎ込まれ、しかも妊娠中だったということを看護婦から知らされる。その当時、男の子はまだ幼児だったのだ。しかもその夜はあの母親が腹の中の子を堕ろして処置しても回復せず、亡くなってしまった日であった。奇しき因縁に、「私」のみならず関係者全員が愕然とする。男の父親は、当時、外に女を作っていて家庭を顧みなかった。今度もまた、男の子を轢いた運転手相手に示談をすぐさま始めたり、病院へ来てもみんなが必死の治療をやっている傍らでグーグー寝ているばかりだ。果たして男の子は助かるか、どうか。次の日の夜、当直予定の他の医師が豪雨による道路の決壊で来られなくなった。「私」は連日の当直となってしまった。「私」は、看護婦の淹れてくれたコーヒーを飲もうとして、ふと手を止めた。「これを飲めば、ますます睡れなくなる」と気づいたわけだ。仮眠しておいて、いざという時に動かなくてはならない。ずっと臨戦状態なのだ。医者としての複雑な思い、臨機応変しなくてはならぬ非常事態。緊迫した空気が充分に伝わってきて胸をうつ小説である。

いや、それだけではない。

病院は人生の悲喜こもごもの渦巻く舞台裏でもあった。

家族や知り合いが病に倒れゝば何をさしおいても駆けつけるのが田舎の風習というか、しきたりであった。

昼になると通路にござをしいて、近所の人々が炊きだしたおにぎりを、まるで花見の様に食べるのであった。

そこは一種の社交場であった。

昼休みの看護婦達の話題は昨日の事故の事でもちきりであった。

三年前にあの子の母親が死んだのが、奇しくも昨日であったことが、一層皆んなの興味をひきつけていた。

当時の看護婦も大半はやめていて、数少ないあの時の事を知っている者は、何度も同じ話しをしなければならなかった。


何気ない描写である。しかし見逃せないものがあるわけで、ここには都会の病院で決して見られないような光景が描かれている。地方の医院ならではの土臭い雰囲気、人と人との繋がりがよく保たれている様子、そうしたものが漂っており、一種独特の味わいである。

今まで辿ってみて分かるように、「晴れ間」「霧の町」「夜の叫び」というふうに救急患者との緊迫した対応を描いた作品が並んでいる。どれも作者自身の体験から産み出された作に違いなく、臨場感が迫ってくる。そして、主人公はしっかり医師として対応し、その責務・人間としての感情について思いをこらしている。感動的である。

つづく「春の水」も、医師としての体験を通して出てきた作ではないだろうか。雄吉と母子との交遊が描かれている。隆ちゃんというかわいい子に、美しい母親がいるのである。母親は雄吉を優しく扱ってくれるし、雄吉はその子の隆ちゃんと仲良くなる。一緒に遊ぶ日々が続くが、隆ちゃんの父親の容体が悪くなって母親は病院へ行く。遺された隆ちゃんと雄吉は仲良く遊ぶのだが、森の方へ遊びに行って、菫野に入る。そこにはたくさんの美しい菫が咲いていた。夢中で採っているうち、隆ちゃんの姿を見失う。一所懸命探すが、菫野の中で気絶してしまう。やがて隆ちゃんは菫をポケットにいっぱい詰めたまま水にはまって死んでいた。彼の父親も、間もなく死んだ。隆ちゃんの母親は、早春の村をたった一人で去っていったのであった。雄吉は毎夜のように大声で泣いた。

なんとも悲しい話、しかも、メルヘンのように美しい。

さて、本書後半の四編「近道」「時空」「ｂｕｂｂｌｅ」「ＬＢ３００Ｔ」であるが、まず「近道」は平成十二年（二〇〇〇）十月、「日田文学」第四十四号に発表された後、平成十五年六月、弦書房刊の作品集『富貴寺悲愁』に収録。「時空」は平成十四年（二〇〇二）一月、「日田文学」第四十六号に発表され、やはり弦書房刊の作品集『富貴寺悲愁』に収録。そして「ｂｕｂｂｌｅ」「ＬＢ３００Ｔ」は平成七年（一九九五）九月、「日田文学」第三十四号に同時発表の後、翌年九月、九州文学社から刊行の作品集『耳納連山』に収録されている。つまり平成に入ってからの、作者五十歳代から六十歳代にかけての作品である。だから前半の四編とは制作の時期がズレることになるが、しかしやはり霧深い盆地がどの作品にも背景としてある。そして時代の動きが確実に反映され、円熟期に入った河津武俊氏の小説世界が展開されている。

「近道」であるが、これは死を意識せざるを得ない医師が主人公として登場する。深刻であり、考えさせられる。それと言うのも、医師である滝村は自分で自身の画像を見て、末期癌であることを知るのである。専門家であるだけに自らの体の状態がよく分かる、これは、素人よりもかえってつらいことであるはずだ。だが、滝村はかなり覚悟のできた人間である。画像を見て彼のことを心配してくれる女性のエコー技師に、「女房にも言ったんだけど、僕は人生の近道が出来ると喜んでいるんだ。これから年をとれば、あまりいいことはないものね。この若さで癌で死ねばこれから迎える老年の苦難の年月を一気に越えて、あの世へ近道できるよ」と、こんなふうに心境を喋る。どこまで本音かは分からぬながら、死と対峙して慌てていないことだけは確かで、これが滝村なりの覚悟の仕方である。のうのうと生きて老年期の労苦を味わうよりは、癌で人生の近道をする方が手間が省ける——無論、滝村はそうやって自分を納得させようと努めるのである。

そして、予定していた済州島へのゴルフ旅行をする。キーセン・パーティで自分についた若い子のあどけないたどたどしい日本語「マラ、入レルカ?」、彼女は「まだ」というべきところを、うまく発音できないのである。これには笑える。ただ、彼女は、滝村が「韓国の人は嬉しい時に泣くのか」と尋ねたところ、「カナシイトキガ　オオイネ。ワタシハ　カナシイトキハ　ナカナイ。　ウレシイ　トキダケナク」と答える。「ウレシイ　トキダケナク」、これは苦労した者でなければ発せられない一言だ。「マラ、入レルカ?」の彼女は実にまことに芯の強い女性なのである。この愛すべき人柄の彼女から、滝村は心が癒される。彼女に案内されて訪れた浜辺で老漁夫に出会うが、この老人も魅力的だ。彼は、戦前、日本で暮らした人だという。そして、彼もやはり末期癌。しかし、今、淡々として来たるべき死に備えている。滝村は、ここ済州島はいつか法話で聞いたことがある「須弥山（しゅみせん）」ではないか、と思うのだった。

この作品では、医師自らが誰の手助けもなく己れの死に向き合う。いわば、一人の人間として勝負どころであろう。そうした中から生まれたのがこの秀作である。「時空」がまた手の込んだ筋立てで、興味津々、最後までどう結末が現れるか分からないような面白みがある。中心となるのは孝弘と紗貴子で、二人は表面上はいとこ同士の夫婦だったが、実際には血が繋がってはいなかった。そして、とても仲の良い夫婦であった。自動車でドライブ中、二人は夜明ダムに転落して亡くなってしまう。この夫婦、互いに人へ向けて、孝弘は妻のことを「紗貴子のことをずっと思い続けている」、紗貴子は夫のことを「孝弘さんのことをずっと思い続けている」と言っていたそうだ。事故の時も、目撃者によれば愉しい旅立ちに見えた。二人の間に、何かがあるわけだ。二人のつきあうきっかけが、山の中で紗貴子が鹿にぶつかられて倒れているところを助けたことから始まった、とされているが、同じ従妹で孝弘のことを慕っていた多代によれば、京都の町なかで孝弘が紗貴子をはねてしまった。それからだという。それも、互いに、孝弘は紗貴子をはねようとしていたし、紗貴子ははねられようとしていた、こうしたミステリアスなことが小説の中で展開する。紗貴子と多代が実は二卵性の双子で、造酒屋の子であるという事実も多代によって明かされる。実に数奇な物語である。こういう込み入った話を組み立てて、しかも義理の従姉妹たる高塚美幸が物語る、という設定である。作者・河津武俊は腕利きのストーリーテラーなのである。

最後半の二編「ｂｕｂｂｌｅ」「ＬＢ３００Ｔ」は、異色の小説作品と評して良かろう。それというのも、描かれるのがゴルフを趣味とする人たちの世界である。アマチュアゴルファーの考えや行いがつぶさに物語られる小説は、わりとありそうで実はあまりない。貴重な作品と言ってよいはずだ。まず「ｂｕｂｂｌｅ」は、バブル景気で儲かっている男たちの、儲けを使いまくるための旅行の話しである。女たちも同行する。そんな中、こうした男たちの商売のしかたにどうしようもなさを感じている桃子。岡山という男に意見するところで小説は終わる。日本の一時期に吹き荒れたバブルの嵐、その渦中にいる男女の生態が描かれ、興味深いものがある。そして、「ＬＢ３００Ｔ」であるが、これはゴルフの趣味を持つ「私」が、ある時、チタン・ドライバーのＬＢ３００Ｔを物置から発見する。誰からか貰ったのか、自分で買ったのか、記憶がない。どうしても分からない、というお話。それでどうだ、というわけでもないのであるが、ゴルフに熱中している人の生態がよく分かる。これはこれで「時代の記録」になり得るのではなかろうか。

作家・河津武俊氏は、医師である自身の体験や職業上知り得た話しをもとにして次々に作品を産み出していった。大分県日田市に住みながら、土地に根差した物語も綴った。そして、時代の流れと共に生きた、と評することが可能であろう。わたしたちは河津氏のそのような面目を、本書前半の「晴れ間」「霧の町」「夜の叫び」「春の水」からも、後半の「近道」「時空」からも、そしてバブル全盛の一時期に取材した「ｂｕｂｂｌｅ」と「ＬＢ３００Ｔ」からも生き生きと見ることができるはずだ。

＊

これまで河津武俊氏の著書の文庫判は、『富貴寺悲愁』『肥後細川藩幕末秘聞』『漂泊の詩人・岡田徳次郎〔新装版〕』に引き続いて、中短編を集めた作品集『耳納連山』『山里』『秋の川』が刊行されてきた。そして、このたびのこの『霧の町』である。四冊の作品集の収録作品は、全部で二十九編である。作品集に収録されていないものもあるので、河津氏が今まで書いた中・短編の数は四十編近くはあるかと思われる。これらの著作物に加えて、文庫化されていない『森厳』（鳥影社）、『新・

山中トンネル水路――日田電力所物語』(西日本新聞印刷)といった力作も河津氏にはある。中編・長編の作品では興味深い歴史的・社会的事件や郷土のなりたち、文学者の生き様等に取材して力作を書き上げるし、短編には自身の医者としての経験や日田の風土に根差して一作、一作をまとめてきた。河津武俊氏の文芸活動のあらましを、今、こうして眺め渡してみると、そのエネルギーと探求心の強さ・深さに圧倒される思いである。この人はもっともっと広く読まれ、高く評価されるべき作家だ。あらためてそう言いたい。

河津武俊年譜

昭和一四年（一九三九）　二月、福岡市に生まれる。

昭和二〇年（一九四五）六歳　この年、国民学校一年生。六月、熊本県杖立温泉に疎開（その一週間後の六月十九、二十日に福岡大空襲）。以後、中学校までを杖立で過ごす。終戦の八月十五日、温泉蒸気場で蒸籠にさつま芋を入れて蒸していた。正午、玉音放送を聞く。陽光の厳しさ、暑さ、人びとのうな垂れた姿が目に焼き付く。小学校三年生の頃から戦前刊行の改造社版日本文学全集を読み始め、志賀直哉・武者小路実篤・芥川龍之介・谷崎潤一郎・川端康成・横光利一などの作品に親しむ。高校時代に受験勉強のかたわら短編小説を書いてみたが、未完成に終わる。

昭和四〇年（一九六五）二六歳　三月、熊本大学医学部を卒業。九州大学付属胸部疾患研究所（現在の呼吸器内科）に入局。

昭和四一年（一九六六）二七歳　五月、結婚。

昭和四五年（一九七〇）三二歳　この年、初めての小説「さらばラバウル」を執筆。

昭和四六年（一九七一）三三歳　四月より日田中央病院に勤務。

昭和四七年（一九七二）三三歳　十一月、「富貴寺悲愁」を「文苑」第十一号（発行・東福岡病院）に発表。

昭和五〇年（一九七五）三六歳　三月、日田中央病院を退職。この年、日田市石井に内科医院を開業（石井診療所）。

昭和五七年（一九八二）四三歳　十月、作品集『山里』を私家版で五百部刊行。

昭和五八年（一九八三）四四歳　この年、岡田徳次郎のことを調べはじめる。

昭和五九年（一九八四）四五歳　六月、作品集『富貴寺悲愁』を私家版で刊行。

昭和六三年（一九八八）四九歳　一月、「羽衣」を「みずき」第十七号に発表。九月、『秋澄——漂泊と憂愁の詩人・岡田徳次郎の世界』を講談社より刊行。五月、「猫の話」を「みずき」第十八号に発表。十月、文庫版『山里』をみずき書房より刊行。

平成二年（一九九〇）五十一歳　この年、石井診療所を「河津内科呼吸器科」と改称。

平成四年（一九九二）五三歳　四月、「おとよ」を「詩と眞実」に発表。

平成五年（一九九三）五四歳　二月、第三期「日田文学」が九名の同人によって復刊、「耳納連山」第一回分を「日田文学」復刊第二十八号に発表。以後、平成六年十一月の第三十二号まで五回連載。七月、「寒菊物語」を「詩と眞実」に発表。十二月、『肥後細川藩幕末秘聞』を講談社より刊行。この本により、熊本県南小国町の伝説の地「うすねぎり（臼内切）」が世間に注目されることとなった。

平成六年（一九九四）五五歳　四月、「秋の川」を「日田文学」第三十号に発表。「文学界」同人誌評でベスト5にランクされる。この号から「日田文学」の発行人となる。十月、「富貴寺悲愁」が株式会社ぎょうせいより刊行の『ふるさと文学館　第五十一巻〔大分〕』に収録される。

平成七年（一九九五）五六歳　三月、「時代祭」と「結麗桜」を「詩と眞実」に発表。九月、「時代祭」「LB300T」と「bubble」を「日田文学」第三十四号に発表。

平成八年（一九九六）五七歳　二月、「水路」を「日田文学」第三十五号に発表（『山中トンネル水路――日田電力所物語』の原型となる作品）。七月、「フォレスト・ソレムニティ」を「日田文学」第三十六号に発表（後に「森厳」と改題）、

「文学界」同人誌評にてベスト5にランクされる。九月、作品集『耳納連山』を九州文学社より刊行。

平成九年（一九九七）五八歳　二月、「鳥の宿」を「日田文学」第三十七号に発表。六月、「『風立ちぬ』における病気」を岩波書店PR誌「図書」に発表。八月、「三毛猫とシャクナゲ」を「日田文学」第三十八号に発表。

平成一〇年（一九九八）五十九歳　三月、「秋の終り」を「日田文学」第三十九号に発表。九月、「西国インペリアル・ゴルフクラブ」を「日田文学」第四十号に発表。

平成一一年（一九九九）六〇歳　三月、「あんちゃん」を「日田文学」第四十一号に発表。九月、「ランキン・チャペル」を「日田文学」第四十二号に発表。

平成一二年（二〇〇〇）六一歳　四月、「征子」を「日田文学」第四十三号に発表。十月、「近道」「岡田徳次郎の世界」を「日田文学」第四十四号（岡田徳次郎特集号）に発表。

平成一三年（二〇〇一）六二歳　三月、『山中トンネル水路――日田電力所物語』を日田文学社より刊行。六月、「日田文学」第四十五号に「富貴寺悲愁」が再録。

平成一四年（二〇〇二）六三歳　一月、「時空」を「日田文学」第四十六号に発

表。三月、嵯峨流華道総司所発行の「嵯峨」に二十四回連載した「野の花」が完結。八月、「野の花」を「日田文学」第四十七号に発表（「嵯峨」に連載した作品の再録）。

平成一五年（二〇〇三）六四歳　三月二日、「肥後細川藩幕末秘聞」が劇化され、玄海竜二主演により熊本県立劇場で公演される。四月、「間伐」を「日田文学」第四十八号に発表。「文学界」同人誌評のベスト5にランクされる。六月、作品集『富貴寺悲愁』を弦書房より刊行。十月、『肥後細川藩幕末秘聞』を弦書房より再刊。同月十九日、熊本県植木町（現在の熊本市北区植木町）の劇団Uが「肥後細川藩幕末秘聞」を公演。十二月、「漂泊の詩人・岡田徳次郎――木津沢敏雄の章」を「日田文学」第四十九号に発表。この年、荒れ果てていた杉山を「石井里山公園」として整備する事業に着手。

平成一六年（二〇〇四）六五歳　五月、『漂泊の詩人・岡田徳次郎』を弦書房より再刊。七月、「失跡」を「日田文学」第五十号に発表。

平成一七年（二〇〇五）六六歳　三月、「山里」を「日田文学」第五十一号に発表（既刊本から再録）。「文学界」同人誌評のベスト5にランクされる。十二月、「塩地の森に降る雪」を「日田文学」第五十二号に発表。同月、『新・山中トンネル水路――日田電力所物語』を西日本新聞印刷より再刊行。

平成一八年（二〇〇六）六七歳　七月、「耳納連山」を「日田文学」第五十三号に発表。八月六日、妻・真佐子死去。八月、作品集『秋の川』を石風社より刊行。九月、「羽衣」を「詩と眞実」に発表（作品集『山里』収録作を再発表）。

平成一九年（二〇〇七）六八歳　一月、戯曲「広瀬淡窓」を「日田文学」第五十四号に発表。九月、「文学随想――情景描写考」を「日田文学」第五五号に発表。

平成二〇年（二〇〇八）六九歳　四月、「千の風」を「日田文学」第五十六号に発表。

平成二一年（二〇〇九）七〇歳　五月、「コスモスの花」「雲の影」（いずれも『山里』に既に収録された作品）「文学を振り返る」を「日田文学」第五十七号に発表。この号で「日田文学」は休刊となる。

平成二二年（二〇一〇）七一歳　九月、作品集『耳納連山』を鳥影社より刊行。同月、「巻頭の言葉　日田を考える」「川（リバー）」を「天領日田」第二十八・二十九合併号に発表。

平成二四年（二〇一二）七三歳　十月、「日本人の国民性」「連山に囲まれて生きて追悼岩尾仁先生」を「天領日田」第三十・三十一合併号に発表。

平成二五年（二〇一三）七四歳　十月、『森厳』を鳥影社より刊行。

平成二六年（二〇一四）七五歳　四月、『富貴寺悲愁』文庫判を弦書房より刊行。十月、『漂泊の詩人・岡田徳次郎』文庫判を文芸社より刊行。

平成二八年（二〇一六）七七歳　二月、『新・山中トンネル水路――日田電力所物語』を西日本新聞印刷より再々刊行。同月、俳句集『花吹雪』を弦書房より刊行。

平成二九年（二〇一七）七八歳　五月、『肥後細川藩幕末秘聞』文庫判を弦書房より刊行。九月、『富貴寺悲愁』文庫判第二刷を弦書房より刊行。十一月、『漂泊の詩人・岡田徳次郎〔新装改訂版〕』文庫判を弦書房より刊行。

平成三〇年（二〇一八）七九歳　二月、作品集『耳納連山』文庫判を弦書房より刊行。六月、作品集『山里』文庫判を弦書房より刊行。八月、作品集『秋の川』文庫判を弦書房より刊行。十一月、作品集『霧の町』文庫判を弦書房より刊行。

著書一覧

『山里』（「雲の影」「荒野の月」「コスモスの花」「夜の底」「鈴の音」「山里」を収録）、昭和五七年（一九八二）十月、私家版

『富貴寺悲愁』「桜翳」「晴れ間」「春の水」「霧の町」「表彰式」「夜の叫び」「さらばラバウル」「富貴寺悲愁」を収録、昭和五九年（一九八四）六月、私家版

『秋澄――漂泊と憂愁の詩人・岡田徳次郎の世界』昭和六十三年（一九八八）九月、講談社・刊

『山里』文庫判「雲の影」「荒野の月」「コスモスの花」「夜の底」「鈴の音」「秋水記」「羽衣」「山里」を収録。解説・花田衛。昭和六十三年（一九八八）十月、みずき書房・刊

『肥後細川藩幕末秘聞』平成五年（一九九三）十二月、講談社・刊

『耳納連山』「秋の川」「寒菊物語」「おとよ」「LB300T」「bubble」「時代祭」「結麗桜」「耳納連山」を収録、平成八年（一九九六）九月、九州文学社・刊

『山中トンネル水路――日田電力所物語』平成一三年（二〇〇一）三月、日田文学社・刊

『富貴寺悲愁』「時空」「近道」「富貴寺悲愁」を収録、平成一五年（二〇〇三）六月、弦書房・刊

『肥後細川藩幕末秘聞』平成一五年（二〇〇三）十月、弦書房・刊

『漂泊の詩人・岡田徳次郎』『秋澄――漂泊と憂愁の詩人・岡田徳次郎の世界』の増補改訂版、平成一六年（二〇〇四）五月、弦書房・刊

『新・山中トンネル水路――日田電力所物語』平成十七年（二〇〇五）十二月、西日本新聞印刷・刊

『秋の川』「間伐」「三毛猫とシャクナゲ」「鳥の宿」「秋の川」「山里」を収録、平成十八年（二〇〇六）八月、石風社・刊

『耳納連山』「雲の影」「野の花」「耳納連山」を収録、平成二二年（二〇一〇）九月、鳥影社・刊

『森厳』平成二五年（二〇一三）十月、鳥影社・刊

『富貴寺悲愁』文庫判「富貴寺悲愁」を収録。平成二六年（二〇一四）四月、弦書房・刊

『漂泊の詩人・岡田徳次郎』文庫判　平成二六年（二〇一四）十月、文芸社・刊

『新・山中トンネル水路――日田電力所物語』平成二八年（二〇一六）二月、西日本新聞印刷より再々刊行

俳句集『花吹雪』解説・前山光則。平成二八年（二〇一六）二月、弦書房・刊

『肥後細川藩幕末秘聞』文庫判　解説・前山光則。平成二十九年（二〇一七）五

月、弦書房・刊

『富貴寺悲愁』文庫判・第二版　「富貴寺悲愁」を収録、解説・前山光則。平成二九年（二〇一七）九月、弦書房・刊

『漂泊の詩人・岡田徳次郎〔新装改訂版〕』文庫判　解説・前山光則、平成二九年（二〇一七）十一月、弦書房・刊

『耳納連山』文庫判　「結麗桜」「耳納連山」「桜翳」「観菊物語」「およ」「野の花」を収録、解説・前山光則、平成三〇年（二〇一八）二月、弦書房・刊

『山里』文庫判　「雲の影」「荒野の月」「コスモスの花」「夜の底」「鈴の音」「秋水記」「羽衣」「山里」を収録、解説・前山光則、平成三〇年（二〇一八）六月、弦書房・刊

『秋の川』文庫判　「さらばラバウル」「三毛猫とシャクナゲ」「表彰式」「間伐」「鳥の宿」「秋の川」「時代祭」を収録、解説・前山光則、平成三〇年（二〇一八）八月、弦書房・刊

『霧の町』文庫判　「晴れ間」「霧の町」「夜の叫び」「春の水」「近道」「時空」「ＬＢ３００Ｔ」「ｂｕｂｂｌｅ」を収録、解説・前山光則、平成三〇年（二〇一八）十一月、弦書房・刊

〔著者略歴〕

河津武俊（かわづ・たけとし）

　昭和一四年（一九三九）福岡市生まれ。現在大分県日田市で内科医院を開業。

　主な著書に『秋澄――漂泊と憂愁の詩人・岡田徳次郎の世界』（講談社、一九八八）、『山里』（みずき書房、一九八八）、『肥後細川藩幕末秘聞』（講談社、一九九三）、『新・山中トンネル水路――日田電力所物語』（西日本新聞印刷、二〇〇五）、『秋の川』（石風社、二〇〇六）、『耳納連山』（鳥影社、二〇一〇）、『森厳』（鳥影社、二〇一三）、『富貴寺悲愁』（弦書房、二〇一四）、句集『花吹雪』（弦書房、二〇一六）、文庫・新装改訂版『肥後細川藩幕末秘聞』『漂泊の詩人　岡田徳次郎』（以上、弦書房、二〇一七）、文庫版『耳納連山』『山里』『秋の川』（以上、弦書房、二〇一八）、などがある。

霧の町

二〇一八年一一月一五日発行

著　者　河津武俊（かわづ たけとし）
発行者　小野静男
発行所　株式会社弦書房
〒810-0041
福岡市中央区大名二―二―四三
ELK大名ビル三〇一
電　話　〇九二・七二六・九八八五
FAX　〇九二・七二六・九八八六

印刷・製本　シナノ書籍印刷株式会社

落丁・乱丁の本はお取り替えします

ISBN978-4-86329-177-5 C0195

◆河津武俊作品選集〈文庫判〉

富貴寺悲愁

玄妙な黄金色の滋光の中で――薄倖の者たちを見守り包み込んでくれる大いなるものを確かに感じながら、人間の情愛の深さ、悲愁の深さを描いた秀作。
【解説】前山光則〈文庫判・178頁〉【2刷】500円

肥後細川藩幕末秘聞【新装改訂版】

小さな村に伝わる驚愕すべき謎。阿蘇・小国地方の小村はなぜ消されたのか。黒船来航が招いた藩内抗争が原因か、かくれキリシタンの虐殺だったのか。伝承の真実に迫る出色のノンフィクション。

【解説】前山光則〈文庫判・508頁〉900円

漂泊の詩人 岡田徳次郎【新装改訂版】

藤本義一氏・絶賛「全体に漂う詩人の姿の描写は素晴らしいと思います。一人の詩人が貴兄の文章で現在に甦ったと実感しました」――現世を澄徹した眼で洞察し生き方を問い直す作業にこだわり続けた男の生涯。

【解説】前山光則〈文庫判・487頁〉800円

＊表示価格は税別